荷马：《依利阿德》

徐迟 译

书此为黄海留念

1992年10月6日

傍晚

于武汉

东湖之滨

著名诗人徐迟老师的题词

黄海 同志：

收到寄我的照片，又以作为珍贵的纪念了。谢谢你！

前信开头的名写得不好，望今后别为憾。

我自深圳返京后，日前地方有雪又较冷，朋友，信中游山观美，寄老兄党大家批有关缴。

你还年轻，今后会有机会写出好诗的，必要始终保持对诗的热爱和思考。

匆此，此复，心诸释念，还祝

__

见到黄记识，请转上问候。

李瑛

年　月 99.11.呈1.

著名诗人李瑛老师的信

海角何處覓天涯

雪浪椰影踏銀沙

獵人鹿女今安在

覓售珊瑚海石花

壬辰年

墨面書生

莫向青春寻得失，蹉跎岁月忆云烟。

黄海，不是笔名，六十年代出生于广东揭阳。先后毕业于上海港湾学校、上海海运学院，现为深圳市国家公务员。中国诗歌学会会员、广东省作家协会会员、深圳市作家协会理事。著有诗集《半岛之恋》、《树叶的舞蹈》、《诗歌之树》、《黄海诗选》、文集《抒情者的抒情》等等。主编出版招商局蛇口工业区青年诗选《窗口上的鸽子》，组织出版《深圳市散文诗选》。业余开设诗歌讲座《诗意栖息与幸福人生》、《传统诗词与现代诗歌》等。

作者习作

律诗与新诗合集

黄 海 著

广东省出版集团
广东人民出版社
·广州·

寻找牵肠挂肚（黄海诗句、钟国康篆刻）

目 录

七律

新诗

后记：诗歌是人类精神的飞行器

评论：黄海诗歌探美（黄承基）

附录：（一）黄海新诗方家评论目录

（二）大学图书馆典藏记录

黄海之印（钟国康篆刻）

胸怀奇志阔如天

漫烂天真正少年，胸怀奇志阔如天。

鲲鹏俯瞰万千里，蜗篆盘桓一寸圆。

君驭青春持梦笔，世遗大舜可耕田。

易安才气当思记，桃李春风夙愿篇。

【注释】①"蜗篆"，蜗牛爬行时留下的涎液痕迹，屈曲如篆文。宋毛滂《玉楼春》词："泥银四壁盘蜗篆，明月一庭秋满院"。②"大舜耕田"，相传上古时，舜耕田于历山之下，同耕者受其感化，终成正果。③"易安"即易安居士，宋著名女词人李清照。

读朱淑真《断肠集》有感

青芝坞巷日曛曛，千古幽思岭上云。

每忆诗怀妆堕泪，却怜陌路篆愁君。

石榴裙下无新事，故纸堆中有旧闻。

时光机器能同世，愿至桃村作鸟勤。

【注释】①朱淑真（约1135～1180），号幽栖居士，宋代著名
女诗人，现存《断肠集》、《断肠词》传世。②"青芝坞"，
杭州一小地名，位于西湖十景之一灵峰探梅的入口处，相传
为朱淑真墓葬之地。③"岭上云"，龚自珍诗："照人胆似
秦时月，送我情如岭上云"。④"妆堕泪"，即堕泪妆，古
时妇女面妆的一种，薄施素粉，有如啼哭。⑤"篆愁君"，
蜗牛之称。⑥"桃村"，相传朱淑真世居桃村。⑦"时光机
器"，2002年美国Dream Work公司出品的电影《The Time
Machine》，讲述主人公驾驶时光机器进行时间旅游的冒险故
事。⑧"鸟勤"，即青鸟殷勤，唐代李商隐诗："蓬莱此去无
多路，青鸟殷勤为探看"。

遥寄上海同窗

三九岭南冬似春，北风却瘦旧时容。

杜鹃半夜啼黄叶，残月中天没黑峰。

怀抱伶仃千尺水，梦游申沪影无踪。

频繁书信细研读，何处人生不适逢。

【注释】①此诗原作为青年时不谙音韵格律之习作，原诗为
"三九南国不寒冬，北风却瘦旧时容。半夜杜鹃啼黄叶，中天
残月没黑峰。情怀伶仃千尺水，游梦江南万里春。书信频繁细
研读，人生何处不相逢"。②"伶仃"，即珠江口伶仃洋。③
"申、沪"，均为上海简称。④"适逢"，恰好遇到。

悼念萧殷老前辈

未识真容仰郑公，伤心只是读伊文。

满天含泪残星眼，一屋秋风噩讯闻。

老骥依稀风骨瘦，吾师憔悴尚耕耘。

晚生自愧无绵力，饰地文章应似君。

【注释】①萧殷（1915—1983），原名郑文生，著名作家、文学评论家。②"饰地文章"，易照峰著《苏东坡》中有语："文章饰地，把酒问天"。

题葡萄牡丹图

葡萄醉胜人头马，淡写轻描富贵花。

牧村有幸歌心醉，刘郎乏力竞芳华。

伶仃洋畔宜观海，太子山头好煮茶。

南纬还来寻夙愿，苍穹烈日本无家。

【注释】①"人头马"，世界四大白兰地名酒之一。②"牧村"，即当代歌唱家关牧村，代表歌曲《吐鲁番的葡萄熟了》。(3)"刘郎"，刘禹锡诗："玄都观里桃千树，尽是刘郎去后栽"。(4)"伶仃洋"，又名零丁洋，位于珠江口，文天祥诗："惶恐滩头说惶恐，零丁洋里叹零丁"。(5)"太子山"，位于深圳南头半岛。

5

题赠著名诗人钟永华老师

战士情怀少壮心，青春热血铸诗林。

新城窗外浮宝气，旧作案头惜如金。

自古诗人多懑怨，从来圣哲费思寻。

难为老少离骚客，霜月寒衣苦乐吟。

【注释】钟永华，广东龙川人，著名军旅诗人、特区诗人，原《特区文学》总编辑，1999年出版发行两卷本诗集《梦回相思林》。

题赠著名学者黄锦奎教授

河外星云耀古今，聚沙听雨起思吟。

微言杯水波澜阔，价值工程点石金。

两亿诗书开卷读，钱十万贯岂通神。

为文致用怀明志，天降大任于斯人。

【注释】著名学者、作家黄锦奎教授著有《河外星云》、《聚沙听雨集》、《杯水微言》、《现代点石成金术—价值转化工程》等专著与《读两亿字的书》、《钱十万贯通神论》等著名杂文。

祝贺柯蓝八十寿辰

八十情怀少年心，青春不老自天真。

征途万里驱虎豹，著作等身慰平生。

深谷回声恋黄土，早霞短笛耀鹏城。

当年宝塔山下客，喜作深圳海边人。

【注释】：①柯蓝（1920～2006），中国散文诗泰斗，原名唐一正，湖南长沙人。1938年在延安参加中国共产党，主要著作有小说《洋铁桶的故事》、《红旗呼啦啦飘》、中国第一部散文诗集《早霞短笛》等等，由其散文诗《深谷回声》改编拍摄的电影《黄土地》首获国际大奖。曾任中国作家协会荣誉委员、中国散文诗学会会长。②"驱虎豹"，毛泽东《七律 冬云》："独有英雄驱虎豹，更无豪杰怕熊 "。

八角楼感怀

八角天窗日月光，工农割据大雄张。

油灯火把照昏暗，逸笔缨枪射虎狼。

将士战场无惜死，书生退敌有华章。

楼空人去精神在，窗外山村映夕阳。

【注释】"八角楼"，位于江西宁冈县茅坪村，1927年10月井冈山斗争时期，毛泽东在八角楼的油灯下，写下了《中国的红色政权为什么能够存在？》、《井冈山斗争》等光辉文章。

题赠旧日同窗

风华年少梦伊家，卅载云帆归海涯。

窗外新栽龙眼树，庭前旧识凤凰花。

春风桃李一杯酒，沧海桑田半碗茶。

同学情怀犹未足，枕边托梦小青蛙。

【注释】：①"海涯"，苏东坡《寄高令》："田园知有儿孙委，早晚扁舟到海涯"，海涯原指海边，此处借指故乡。②"春风桃李"，宋黄庭坚诗："桃李春风一杯酒，江湖夜雨十年灯"。

玉湖中学新校落成志庆

三十年前读书台，鸿蒙开启少年怀。

金山耕读云依树，潭岭培养国栋才。

庠序中兴凭善举，玉湖遍聚范蠡财。

程门立雪传家教，桃李春风巧剪裁。

【注释】①"鸿蒙"，古人认为开天辟地前的一团自然元气。②"金山"，即原玉湖中学金山分校所在地，半农半读。③"潭岭"，即玉湖中学新校址。④"庠序"，指古代的地方学校。⑤"范蠡"，即春秋末著名的政治家、军事家和实业家，后人尊称为"商圣"。⑥"程门立雪"，指学生恭敬受教，比喻尊师。《宋史·杨时传》："见程颐于洛，时盖年四十矣。一日见颐，颐偶瞑坐，时与游酢侍立不去。颐既觉，则门外雪深一尺矣。"

夜思寄上海同窗

几回梦醒浦江边，幸福歌儿飞满天。

科学春天吹号角，梧桐树叶读书篇。

卅载风霜沧海泪，百年烟雨帝乡田。

早生华发相逢笑，道姓呼名已惘然。

【注释】①"幸福歌儿"，即歌曲《我们的生活充满阳光》。
②"科学春天"，1978年3月31日郭沫若在全国科学大会闭幕式上的讲话《科学的春天》。③"沧海泪"，沧海指大海的意思，也延伸世事变化无常。唐李商隐诗："沧海月明珠有泪，蓝田日暖玉生烟"。④"帝乡田"，传说中天帝住的地方。帝乡田借指神州大地。⑤"早生华发"，苏东坡词《念奴娇·赤壁怀古》："多情应笑我，早生华发"。⑥"已惘然"，唐李商隐诗："此情可待成追忆，只是当时已惘然"。

悼念李士非老师

淮海炮声惊落晖，中原逐鹿理想飞。

花城编辑扶新秀，正气歌吟壮国威。

向秀丽情感真挚，逍遥游品格芳菲。

东京纪事切肤痛，热血男儿李士非。

【注释】①李士非（1930～2008），江苏丰县人，著名诗人，曾参加淮海战役，后任花城出版社总编辑、《花城》杂志主编等职，代表作有《向秀丽》、《正气歌》、《东京纪事》、《逍遥游》、《热血男儿》、《北大荒之恋》等等。②"东京纪事"，1998年李士非居日三月，写出了讨伐日本军国主义罪行的诗集《东京纪事》，其中有诗云："跪着的德国总理，比站着的日本首相高大"。

回家乡观音山有感
（五首）

【题记】：我的家乡观音山村，坐落在粤东一片宜于耕作的丘陵地带，背靠莲花山脉，面向潮汕平原，是潮客混居之地。现在家乡虽然通了铁路和高速公路，只是父母入土为安后，回乡探亲日渐疏懒。2009年"五一节"作回乡之旅，为揭东县第一中学和玉湖宁化中学开设诗歌讲座，期间拜谒了位于故乡田螺地的父母安息之所，又走访了宁化中学黄练瀛校长石壁头新屋，回深后遂成七律五首。幸甚至哉，歌以咏志。

云淡山高七彩霞，春风捷足到农家。

柴扉半锁林间路，桃李盈溪镜里花。

煮笋烧鱼三碗饭，谈今论古一壶茶。

从今应解刘郎意，归作田畴饭牛娃。

观音崇上白云飞，三月踏青故乡归。

谒祖祠堂敬鹅德，访朋石壁扣门扉。

庠序鼎新移俗陋，诗书教化寓精微。

耕读先生三不误，菜青瓜熟鲫鱼肥。

晴耕雨读结山庐，深谷回声草木苏。

满目田园三远色，一溪风月半床书。

文章自古真情感，名利从来费踌躇。

昔日牧童今访客，流连故地步当车。

酸涩青梅岁月飞，轻车熟路故乡归。

群峰突兀披云彩，村舍毗邻染翠微。

户户衣衫粮食足，家家电视洗衣机。

当年竹马今安在？苦楝花开桑葚肥。

石壁溪流百草花，长岗岭染夕阳斜。

仙人献掌观音寨，山水呈祥上岭蛇。

海北天南游子梦，色深味苦故乡茶。

炊烟升起荷锄月，赐福半山耕读家。

【注释】①"刘郎"，即刘伶，西晋竹林七贤之一，嗜酒放诞，喜老庄，藐传统。②"敬鹅德"，相传吾祖清泉、活泉两公幼时为遗孤，替母舅养鹅度日。舅母刻薄刁蛮，常摸鹅屁股而定日交蛋数，有鹅经常日生两蛋，使年幼之兄弟，有剩蛋可煮而食之，不致瘦骨嶙峋，饿毙荒野，天公眷怜吾祖也！忆幼时吾也养鹅为乐，以鹅为伍；又忆晋朝书圣以鹅为师，是故鹅德之大甚矣！③"庠序"指古代的地方学校。④"仙人献掌"、"上岭蛇"，据说为观音山村风水结局的名称。

赴深卅年有感
（两首）

如歌岁月竞潮流，卅载鹏城渐白头。
怀旧空遗年少梦，立身当为稻粱谋。
伶仃洋外千重浪，深圳河边百丈楼。
鸥鹭忘机名利事，苍茫天地任遨游。

窗外珠江南海滨，涛声依旧醉伊人。
一湾灯火催人梦，百卷诗书拔俗尘。
蜗角挂名怜鼠辈，虫鱼训诂误儒身。
新城浮躁奢华气，陋室文思敝帚珍。

【注释】①"稻粱谋"，龚自珍《咏史》："避席畏闻文字狱，著书都为稻粱谋"。②"鸥鹭忘机"，指人无巧诈之心，异类可以亲近，比喻淡泊隐居，不以世事为怀。③"涛声依旧"，现代流行歌曲《涛声依旧》，陈小奇作词曲，毛宁演唱。④"蜗角挂名"，蜗牛的角，比喻细微，没有作用的名声。苏东坡《满庭芳》词云："蜗角虚名蝇头微利，算来着甚干忙"。⑤"虫鱼训诂"，孔子认为读《诗》可以多识草木鸟兽虫鱼之名，后人遂以"虫鱼"泛指名物和典章制度，及训诂、考据之学，也含讥其繁琐之意。清代龚自珍《杂诗》："从君烧尽虫鱼学，甘作东京卖饼家。"。

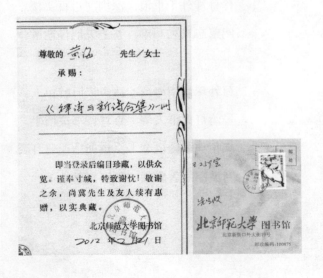

南非游感

世有珍奇鸿爪痕，彼兰斯堡祖鲁村。

太阳城里皆美景，约堡街头尽肥臀。

万里征途好望角，百年梦忆开普敦。

老爹胸襟泱泱海，博爱宽容天地尊。

【注释】①"彼兰斯堡"，即南非国家公园；②"祖鲁村"，即祖鲁文化村；③"太阳城"，即南非太阳城酒店；④"约堡"，即约翰内斯堡；⑤"老爹"，即非洲之父曼德拉老爹。

19

寄怀

屋梁落月夜茫茫，春去秋来岂敢忘。

张籍歌吟珠与泪，相如辞赋凤求凰。

林间耳语光阴度，笔底波涛诗酒狂。

为有真情多感动，此生何憾在高阳！

【注释】①"屋梁落月"，比喻对朋友的怀念。唐杜甫《梦李白》诗："落月满屋梁，犹疑照颜色"。②"珠与泪"，唐张籍《节妇吟》："还君明珠双泪垂，恨不相逢未嫁时"③"凤求凰"，相传为汉代才子司马相如向才女卓文君求爱的曲名。④"高阳"，相传为三皇五帝之一的颛顼帝初封之地。《史记》载："黄帝崩，葬桥山，其孙昌意之子高阳立，是为颛顼帝也"。又载："高阳氏有才子八人，世得其利，谓之'八恺'"。又有高阳酒徒之意。

时事感怀

如火如荼深圳湾，浪潮飞卷入云端。

胸中万象乾坤小，笔底波澜天地宽。

物欲横流心戚戚，感情泛滥胆寒寒。

莫为老大徒悲愤，世事纷纭壁上观！

【注释】①"心戚戚"，《论语》："君子坦荡荡,小人长戚戚"。②"壁上观"：比喻坐观胜负而不帮助任何一方。明杨蕴辉《甲申仲秋感事》："何曾姓字敌心寒，坐拥都城壁上观"。

己丑中秋寄北京大学程郁缀教授

明月含情耀太空，未名湖畔落惊鸿。

文章锦绣建安骨，唐宋风流李杜功。

滨海酒徒才子气，均斋辞藻古人风。

长绳系日青春赋，师道尊严启学蒙。

【注释】①北京大学程郁缀教授系江苏滨海县人，其在北大未名湖均斋楼办公。②"惊鸿"，曹植《洛神赋》用"翩若惊鸿，婉若游龙"来描绘洛神美态。后来人们就用"惊鸿"形容女性轻盈如雁之身姿。③"建安骨"，指汉魏之际曹操父子和建安七子等人诗文的刚健遒劲的风格，也称"建安风骨"。④"长绳系日"，用长绳子把太阳拴住，比喻想留住时光。晋代傅玄《九曲歌》："岁莫景迈群光绝，安得长绳系白日"。

自撰对联集句
（两首）

黄道织天耀太空，长绳系日落惊鸿。

高阳酒徒才子气，扬马辞赋古人风。

玉友金昆皆志趣，唐才子传启文蒙。

心生万象乾坤小，大雁过河天籁空。

吴带曹衣盈若舞，君臣佐使契相思。

长绳系日青蛾敛，青帝司春白马嘶。

龙舞九天春赐福，云开七彩凤来仪。

文若春华思泉涌，龙欲腾矗尺木知。

【注释】① "扬马辞赋"，指汉辞赋家扬雄与司马相如；扬雄作赋，形式模拟司马相如，古以"扬马"并称两人。② "大雁过河"，我国中医名家谢子衡先生在谈养生秘诀时说："我的人生观就如同大雁过河。意思是，生活中遇事就像大雁过河一样，过河的时候，河里有大雁的影子，大雁飞过去了，河里的影子就没了。换句话说，事来而人始见，事去而心遂空"。③ "吴带曹衣"，吴指画圣吴道子、曹指北齐绘画大师曹仲达，形容画艺高深。也作"吴带当风，曹衣出水"。④ "君臣佐使"，是中药方剂配伍的一种形式，意在阴阳协调、天人合一。⑤ "长绳系日"，意谓留驻美好时光。光傅玄《九曲歌》："岁莫景迈群光艳，安得长绳系白日"。⑥ "青蛾敛"，旧时女子用青黛画的眉称青蛾，温庭筠《赠知音》："窗间谢女青蛾敛，门外萧郎白马嘶"。 ⑦ "青帝司春"，青帝，东方之神，春神。《尚书纬》："春为东帝，又为青帝"。 ⑧ "凤来仪"，仪，容仪。凤凰来舞，仪表非凡。古代指吉祥的征兆。《尚书·益稷》："《箫韶》九成，凤凰来仪。"⑨ "龙欲腾骞"，永乐大典（残卷）《三国志》："孙策曰：龙欲腾骞，先阶尺木"。

弄潮大亚湾——题赠黄惜文同学

【题记】：2009年7月25日星期六，偕同著名漫画家庄锡龙先生和水产专家林本松先生前往大亚湾，拜访中学同学黄惜文，黄为中国"花蛤大王"，年养殖产量百万斤。巧遇揭东一中校长黄文波同学同访，便一起乘坐快艇参观海湾养殖场，台风在即，海浪激荡，酷日火烤，颇感寻海生活之不易，随成诗以道载。

踏月追星乘早潮，云霞倒影浪迢迢。

花蛤蛏子海中长，青口金蚝水里摇。

养殖浮排如列阵，穿梭快艇似飞镖。

鱼虾蟹蚌丰收宴，主客微醺频举瓢。

【注释】"花蛤、蛏子、青口、金蚝"，均为海鲜贝类名称。

己丑中秋惠来神泉游感

凤举葵阳五百秋，山灵水秀振鸿猷。

天宫万象藏浮世，后叶繁枝聚鹭鸥。

海角苍茫沉落日，神泉变幻起高楼。

赐君一柱文昌笔，福履潮乡澳角头。

【注释】①此诗首字为"凤山天后海神赐福"。②"凤举"，飘然高举，宋张元干《十月桃》词："丹青万江，熊兆昆台，凤举朝阳"。③"葵阳"，惠来县古名葵阳。④"神泉"，惠来县神泉镇与山东蓬莱一样，常有海市蜃楼出现。⑤"文昌笔"，神泉港南端建于清乾隆年间高26.4米的航标塔，为古八景之"文笔高标"，与北靠之文昌山，合意为"文昌笔"也。⑥"福履"，犹福禄。《诗·周南·木》："乐只君子，福履绥之。"宋苏东坡《与程天侔书》："至后福履增胜，辱访不果见，悚怍无量。"

己丑中秋国庆双节有感

鹏城双节国旗城，结彩张灯庆阅兵。

天上玉盘千载好，家中妻女百般情。

焚香拜月桂花酒，啖饼品茶莲子羹。

仰望星空怀远念，茫茫宇宙有神明？

【注释】①"玉盘"，指月亮。唐李白《古朗月行》："小时不识月，呼作白玉盘"。②"仰望星空"，温家宝总理有诗《仰望星空》，现为北京航天航空大学之校歌。黑格尔名言："一个民族有一些关注天空的人，他们才有希望；一个民族只是关心脚下的事情，那是没有未来的"。

挚友古稀移民澳洲有赠

辗转鹏城岁月殊，以工调干气难粗。

班门疏业陶朱计，拣漏追星马未都。

能受折磨真好汉，不招嫉妒是庸夫。

古稀却作移民客，隔海犹思落叶无？

【注释】①"鹏城"，即深圳。②"以工调干"，改革开放初期，为争取调入深圳，很多干部把身份变成工人，然后再通过劳动部门办理调动手续。③"陶朱"，即陶朱公。④"马未都"，当代著名文物收藏家、鉴定专家。

2010年新加坡过春节

喧天锣鼓彩旗车，万户千家拜老爷。

结彩张灯乌节路，欢天喜地圣淘沙。

焚香拜祖团年饭，悦目赏心卓锦花。

息辣虽然非故土，乡音习俗却中华。

【注释】①"老爷"，潮州人称神为老爷，拜神叫拜老爷。②"乌节路、圣淘沙"，均为新加坡旅游名胜。③"卓锦花"，又名"卓锦·万代兰"，为新加坡国花；④"息辣"，Selat即为新加坡，马来语"海峡"之意。

春晚节目《两毛钱一脚》风波有感

量力而行亦特殊，两毛一脚犯糊涂。

强买强卖大裤衩，不亢不卑马未都。

狐假虎威真笑料，鸒披隼翼是愚夫。

年年春晚摇钱树，岁岁国民上当呼！

【注释】①"量力而行"，为马未都文章名。②"大裤衩"，指CCTV建筑物。③"鸒披隼翼"，鸒，古籍中鸟名，鹌鹑一类小鸟；隼，一种凶猛的鸟，隼科的各种鹰，特征是有长的翼，嘴短而宽，上嘴弯曲并有齿状凸起，飞得很快，通常突然从空中俯冲猎取猎物。本语也有狐假虎威之意。

无题

风华正茂忆当初，拙手惜无玉盘珠。

邂逅伶仃迷浪迹，弄潮深圳热头颅。

千般感慨梦寥廓，百载情怀寄雁雏。

市井奢靡名利计，谁家女子在当垆？

【注释】①"玉盘珠"，白居易《琵琶行》"大珠小珠落玉盘"。②"伶仃"，指伶仃岛及伶仃洋。③"雁雏"，即鸿雏。唐陈子昂《上殇高氏墓志铭》："绰然如鸿雏鹄子，有青云之意也。"④"当垆"，即"文君当垆"典故。

庆祝深圳特区成立三十周年

改革当惊世界殊，破旧立新如火荼。

昨日梧桐栖彩凤，今朝蛇口吐明珠。

莲花山顶巨人步，南海岸边华夏图。

杀出一条染血路，披荆斩棘拓征途。

【注释】①"世界殊"，毛泽东词："神女应无恙，当惊世界殊"。②"莲花山"，深圳名山，上有邓小平迈步塑像。③"梧桐"，即梧桐山，深圳最高峰，海拔944米。④"染血路"，邓小平改革开放语录："要杀出一条血路来！"

题赠著名作家洪洋老师

当年四海暂居时，蛇口风波入话题。

旭日初航于舰长，青春焕发赞徐迟。

孤帆远影招商局，月色水声传世诗。

南面太阳升了起，诗人本是弄潮儿。

【注释】①著名作家、诗人洪洋，曾任湖北省作协党组书记、副主席，《长江文艺》主编，80年代末挂职蛇口工业区工会副主席。主要作品有：小说《初航》、《于舰长》、《孤帆远影》、散文诗集《月色水声》、纪实文学《徐迟的第二次青春》、日记体文学《洪洋蛇口日记——太阳从南边升起》等等。②"四海"，蛇口工业区四海集体宿舍区。③"蛇口风波"，1988年1月13日，青年思想教育家曲啸、李燕杰等与蛇口工业区青年的一场即兴对话，竟演变成搅动中国的"蛇口风波"，蛇口青年提出了"主观为自己，客观为别人"的价值观。它在全国掀起一场有关新时期青年思想工作的大讨论。④"弄潮儿"，指朝夕与潮水周旋的水手或在潮中戏水的少年人，比喻有勇敢进取精神的人。唐李益《江南曲》："早知潮有信，嫁与弄潮儿"。

感　谢　信

尊敬的黄海副主任：

　　您赠送给我馆的图书《律诗与新诗合集》1 册现已收到，不久将分编入库与我校广大读者见面。谢谢您对我校教学和科研的大力支持，谢谢您对祖国西北边疆少数民族地区教育事业所作的无私奉献！

新疆大学图书馆

2012 年 2 月 29 日

铁岗水库垂钓有感

春来百鸟又啁啾，一日垂纶解百愁。

斗角勾心门外汉，争权夺利饵里钩。

湖中鱼汛动心魄，水面波纹爬额头。

屏息凝神睛不转，千年渭水水悠悠。

【注释】①"垂纶"，即垂钓，唐胡令能诗："蓬头稚子学垂纶，侧坐莓苔草映身"。②"渭水"，为姜太公垂钓之所。

打羽毛球

不筑长城不打牌，工余老友打球徕。

平抽劈吊汗如雨，扣杀腾空势压雷。

你学林丹陈甲亮，我追宗伟鲍春来。

消除三脂将军肚，何羡升官与发财？

【注释】①"筑长城"，打麻将代称。②"林丹（中国）、陈甲亮（印尼）、李宗伟（马来西亚）、鲍春来（中国）"等均为羽毛球明星。③"三脂"，即甘油三脂。

题赠牡丹画家大老崔老师

青帝不辞崔氏家，花开见佛耀中华。

环肥燕瘦天姿色，金马玉堂云锦霞。

画境入魂魂入魄，佳人如梦梦如花。

赤橙黄绿青蓝紫，好色之徒盛世葩。

【注释】①著名牡丹画家崔廷玉，字子春，号大老崔，自谓"好色之徒"。②"花开见佛"，大老崔牡丹代表作，佛学泰斗本焕和尚题款，深圳弘法寺珍藏。

忆幼时牵牛随父春耕
（两首）

蛙鼓鸡鸣布谷啼，惺忪睡眼老牛骑。

父荷耙具叮当响，我舞竹鞭的得蹄。

云锦水田油彩画，秧苗珠露童话诗。

栉风沐雨春来早，谁令东风第一枝？

狗吠鸡鸣梦醒时，出工口哨嘀嘀吹。

饥肠辘辘犁铧响，溪水潺潺布谷啼。

路线斗争擂战鼓，田头竞赛插红旗。

躬耕十亩卸箍轭，牛牯开心啃草皮。

游乌镇

粉墙黛瓦市河东，欸乃一声春色浓。

远客争尝姑嫂饼，导游解说话吴侬。

林家铺子抒情地，似水年华掠艳踪。

好汉江楼三白酒，是非荣辱醉从容。

【注释】①乌镇为著名作家茅盾故乡，《林家铺子》系茅盾著名小说。②《似水年华》，以乌镇为背景的爱情电视剧。③"江楼"，即乌镇九江楼酒楼。④"姑嫂饼、三白酒"，均为乌镇特产。

题赠摄影师高扬先生

粤北山城五尺童，却来蛇口打洋工。

高阳酒徒才子气，扬马辞赋古人风。

摄影灯光三脚架，临池柳体十年功。

镜头收尽众生相，留驻青春好面容。

【注释】①"五尺童"，杜甫诗"君不见黄鹄高于五尺童，化为白凫似老翁"。②"高阳酒徒"，高阳为古乡名，在今河南杞县西南。秦末郦其食即此乡人，对刘邦自称"高阳酒徒"，迫使刘邦接见了他。唐高适《田家春望》："可叹无知己，高阳一酒徒"。后用以指嗜酒而放荡不羁的人。③"扬马辞赋"，指汉辞赋家扬雄与司马相如；扬雄作赋，形式模拟司马相如，古以"扬马"并称两人。

题赠漫画家庄锡龙老师

弹唱吹拉样样通，新闻漫画奖牌丰。

北崇泰斗华君武，南敬怪才廖冰兄。

高考选题截错了，童年忆趣寄由衷。

朝花夕拾鹏城梦，碧海云天一钓翁。

【注释】①"华君武、廖冰兄"，为中国当代漫画大师。②"截错了"，1996年全国高考作文题选用庄锡龙老师漫画"截错了"。③"童年忆趣"，庄锡龙老师水墨画系列为社会各界所喜闻乐见。④"朝花夕拾"，鲁迅先生杂文集《朝花夕拾》。⑤"碧海云天"花园为庄锡龙老师退休后安居之所，闲来垂钓为乐。

2010南非世界杯

天南海角彩虹飞，动魄惊心世界杯。

战舞节拍轰轰哈，祖拉声贝鸣鸣吹。

C罗无奈梅西恼，亨利伤神鲁涅肥。

国足N年能出线，球迷十亿不心灰！

【注释】①"战舞"，即南非祖鲁族舞蹈。②"祖拉"，即南非球迷助威起哄喇叭鸣鸣祖拉Vuvuzela。③"C罗"，即葡萄牙球星Cristiano Ronaldo。④"梅西"，即阿根廷球星Lionel Andres Messi，世界足球先生。⑤"亨利"，即法国球星Thirry Henry；⑥"鲁涅"，即英格兰球星Wayne Rooney，又译鲁尼。

赠玉雕工艺美术师冯玉唐先生

乌龙流域日曈曈，天地阴阳造化功。

温润斑斓呈五德，玲珑剔透显精工。

程门立雪蔚长海，凿壁拜师谭锦文。

玉友金昆皆志趣，唐才子传启文蒙。

【注释】①冯志文，号玉唐，字上林，玉雕工艺美术师。②"乌龙"，缅甸乌龙河流域为翡翠发源地。③"五德"，相传玉有五德：仁、义、志、勇、洁。④"蔚长海、谭锦文"，均为中国玉雕大师。⑤ "玉友金昆"，古代对兄弟好友之美称。⑥"唐才子传"，元代辛文房所撰唐代诗人故事《唐才子传》。⑦"文蒙"，《文字蒙求》，清代王筠所编的旧时儿童识字本。

题赠有涯艺屋许梓卫先生

昔日九街春燕斜，峥嵘岁月浪淘沙。

浆糊一桶和天下，艺屋有涯迎大家。

世故人情心荡荡，荣华富贵梦查查。

友朋常来如对月，书画共赏胜观花。

【注释】①"九街"，为深圳新安故城所在地，据史载创建于汉晋时期，因一城九街而得名。②初时许梓卫先生在九街租房裱画，劳心劳力，后创"有涯艺屋画廊"，高朋满座，种瓜豆而终有所得矣。③"梦查查"，即"懵嚓嚓"，粤广府语，意为糊糊涂涂。

44

题赠画家诸彪先生
（两首）

十甫寸客客家儿，蛇口招商鼓与呼。

藏纸千刀充大款，读书百卷厌阿谀。

胸无沟壑身心健，笔有乡情境界殊。

彪叔诙称皆讪讪，冇须老大远江湖。

青葱岁月渐模糊，画印诗书大丈夫。

学问不辞冷板凳，青春无悔热头颅。

油灯昨夜知风雨，土屋今朝入画图。

寄寓侨城何耿耿，深湾浪涌一蜉蝣。

【注释】①画家诸彪博客"十甫寸客"点击率颇高，诗文画影
多为招商局蛇口工业区鼓与呼矣！②"千刀"，宣纸买卖以刀
为计算单位，诸彪以收藏各类宣纸为乐，并以作画。③"侨
城"，即华侨城。④"深湾"，指深圳湾。

45

题赠画家邹富明老师

龙颈蜿蜒天顶湖，莲花龙脉客家儒。

可圈可点小名气，能曲能伸大丈夫。

太子山头寻画境，阿芝篱下作门徒。

浪潮席卷铅华尽，纸上风流岂蔂诔？

【注释】①画家邹富明，揭西人氏，招商局蛇口工业区文化事业建设先驱，善画虾，拜齐白石（阿芝）门下。②"能曲能伸"，邹氏画虾题词："伸曲生命之常也，曲卷以蓄势，申张何潇洒，大丈夫进德修身之道，能伸能曲，或进或退，虾可以为师也！"③"铅华"，指中国古代妇女用的化妆品。④"蔂诔"，即诔蔂，意对过世人的溢美之词。

题赠画家温伟先生

粤东子弟读书崇，携笔荷枪越战功。

五斗折腰西丽办，万千思绪马家龙。

梅兰竹菊四君子，画印诗书一世工。

二十一弦新曲歇，风华苑里乐融融。

【注释】①"越战功"，温伟曾当兵参加对越自卫反击战。②"西丽办"，深圳市南山区西丽街道办事处。③"马家龙"，南山区马家龙工业区。④"二十一弦"，即古筝，温伟女儿温冬溶为少年古筝高手。⑤"风华苑"，温伟居住小区。

参观上海世博会

世博旌旗猎猎风，中华鼎盛斗冠红。

五湖四海群星耀，十里洋场七彩虹。

少女金袍传世作，青铜时代夺天工。

春申陶醉浦江岸，不知人世与天宫！

【注释】①"少女金袍"，即卢森堡馆身着战袍、手持橄榄枝、象征自由和抗争的金色少女像。②"青铜时代"，即法国馆所展罗丹雕塑作品。③"春申"，即春申君。

游揭西大北山度假村

莲花突屼揭阳西，李望嶂峰见天梯。

龙颈蜿蜒山水赋，京溪灵秀凤凰栖。

知青楼下旧怀抱，太子湖边新话题。

昔日长滩掌牛仔，今朝改革弄潮儿。

【注释】①"李望嶂"，岭南莲花山脉最高峰。②"龙颈"，广东第二大水库龙颈水库。③"京溪"，京溪园镇。④"长滩"，大北山下一自然村。⑤"掌牛仔"，客家话牧童之意。

题赠作家林坚先生

凤凰花树醉童年，深圳天空聚纸鸢。

有个地方扛鼎作，别人城市著名篇。

打工小说君鼻祖，开放诗歌我愧先。

莫向青春寻得失，蹉跎岁月忆云烟。

【注释】①打工文学作家林坚著有小说《别人的城市》、《阳光地带》、《有个地方在城外》等等。②"纸鸢"，即风筝。

浦东干部学院研修有感

执政为民第一条，修身立德戒奢骄。

创新何惧百年锁，改革当跨独木桥。

锦绣前程原是路，沧桑岁月化为潮。

凌霜傲雪人才树，敢立云端耀九霄。

【注释】①"锦绣前程"，中国浦东干部学院门前为前程路，右侧为锦绣路。②"人才树"，浦干院标识寓意深刻，有以人为本、三个代表、众字意、走字意、三人行必有我师等等含义。

题赠画家谢申老师

惟楚有才闾大夫，隆中世代卧龙驹。

东湖蓄墨神来笔，南海听潮造化图。

菩萨慈悲罗汉笑，童娃快乐谢师呼。

江城亲友如相问，野鹤南山作艺徒。

【注释】①画家谢申，字砚父，湖北隆中人氏，娃娃画闻名于世，其评人论画口头禅为"好得很"，出版有诗集《冰壶集》、《西魂集》等。②"闾大夫"，即三闾大夫，指战国时期楚国诗人屈原。③"卧龙"，即指诸葛亮，又称卧龙先生。⑤"东湖"，武汉东湖为全国最大之城内湖，国家重点风景名胜区，范围八十八平方公里。⑥"南海听潮"，谢申老师退休后住深圳南山区，临海南海玫瑰花园。⑦"江城"，武汉别称。⑧"南山"，深圳市南山区。

题赠宝安区委党校曾祥委教授

莲花山脉曾氏村，耕读传家代有闻。

酒露性情真汉子，文通雅俗异高人。

谋生阅世客潮广，学术拜师钟敬文。

盘古探源周易老，民风教化百年功。

【注释】①曾祥委教授（1952～2012），广东丰顺人，岭南民俗学不懈的开拓者，出版有专著《田野角视——客家的文化与民性》、《南珠玑移民的历史与文化》和《盘古探源》等著作。②"客潮广"，即客家人、潮州人、广府人。③"钟敬文"，中国民俗学泰斗。

敬赠特区先驱袁庚老人

饮马东江树战旗，秦城冤狱蝼蚁思。

要钱要命唯物者，揭地掀天壮怀辞。

改革冲天第一炮，中华强盛三步棋。

人权民主路犹远，开拓先驱伏枥嘶。

【注释】①"饮马东江"，抗日战争时期袁庚曾任东江纵队联络处长等职。②"秦城冤狱"，文革时受到打击，袁庚在秦城监狱坐了五年半，高墙内观察蚂蚁，感叹蚂蚁的团结和无私，他说："我对蚂蚁就有了一种特别的敬意。我认为蚂蚁是世界

54

上永远不会消亡的小动物。因为它们没有私心，团结一致。在这个世界上，只要没有私心且团结一致，什么事都能办成"。③"要钱要命"，"时间就是金钱，效率就是生命"口号提出之初，有人攻击袁庚等人为"要钱要命"者。④"揭地掀天"，袁庚作《满江红·登微波楼》词云："掀天揭地，方显男儿胆识"。⑤"第一炮"，1979年7月，蛇口工业区炸响开山填海通路建港的第一爆，被誉为中国改革开放第一炮。⑥"三步棋"，即邓小平在改革开放初期提出的"三步走"发展战略："从1981年到20世纪末，第一个十年实现国民生产总值翻一番，解决全国温饱问题；第二个十年，再翻一番，人民生活达到小康；在此基础上，向第三步迈进，到21世纪中叶再翻两番，使我国国民生产总值的人均值达到中等发达国家水平，人民生活比较富裕"。⑦写于2010年8月26日深圳经济特区成立30周年庆祝之际，而此时打响中国改革开放第一炮的袁庚老人已经93岁高龄了。

题赠画家李照东先生

邹鲁之滨粤岭东，珠江影片号神童。

援书入画四僧骨，积墨成图懋质翁。

岁月无痕彭老祖，人生自在周伯通。

新朋友是同船渡，老笔墨皆旧情人。

【注释】①"神童"，上世纪六十年代，珠江电影制片厂出品有记录片《小小书法家——李照东》。②"四僧"，明末清初画家石涛、八大山人、石溪、弘仁并称画坛四僧。③"懋质翁"，现代杰出国画大师黄宾虹，原名懋质，字朴存，号宾虹。④"彭老祖"，即彭祖，传说中的古代养生家，相传活了八百八十岁。⑤"周伯通"，金庸《射雕英雄传》小说人物，号称老顽童。

题赠书法家刘伟力先生

赣中名胜白云峰，仙女湖边聚鹄鸿。

笔墨当随时代妙，文章应合世人崇。

鸿飞兽骇二王骨，鸾舞蛇惊五指功。

能者为师收并蓄，毕生乐墨作书翁。

【注释】①"白云峰、仙女湖"，均为江西名胜。②"笔墨当随时代"，为明末清初画家石涛语。③"文章应合"，出自白居易语："文章合为时而著，歌诗合为事而作"。④"鸿飞兽骇"、"鸾舞蛇惊"，均为唐代孙过庭《书谱》之语。⑤"二王"，即王羲之、王献之。⑥"乐墨"，刘伟力先生自诩"乐墨轩主"。

赠原《蛇口消息》报奚尚仁总编

伊春蛇口各安家，墨鬼文思堪自夸。

汤旺河边侣麋鹿，伶仃洋畔友鱼虾。

早餐一碗苞米粥，晚食两根生苦瓜。

天尚含糊入彻骨，毕竟中年下午茶。

【注释】①"墨鬼"，奚尚仁先生东北伊春人氏，笔名墨鬼，吾师吾友也。②"汤旺河"，为伊春母亲河。③"友鱼虾"，苏东坡《前赤壁赋》："友鱼虾而侣麋鹿"。④"早餐"一句，奚先生一度血糖颇高，喝苞米粥食生苦瓜，坚持暴走减肥，竟有奇效。⑤"中年下午茶"，董桥说："中年是下午茶，人已彻骨，天尚含糊。"

题赠书法家何锦明先生

鹿寨梅州蔗节甜，书坛醉侠世留名。

须臾丈纸龙蛇阵，顷刻满堂喝彩声。

垂露悬针怀素醉，奔雷坠石张旭惊。

江流大海犹嫌束，云抱山峰唔爱平。

【注释】①"蔗节甜"，书法家何锦明教授出生广西鹿寨，祖籍广东梅州，两地均盛产甘蔗。②"龙蛇阵"，兵阵名，清代陈梦雷《秋兴》诗之二云："营连列峤龙蛇阵，气壮空山草木兵"，此处谓书法布局。③"垂露悬针"、"奔雷坠石"，均为唐代孙过庭《书谱》之语。④"怀素、张旭"，为唐代著名书法家，史称"颠张醉素"。⑤"唔爱"，客家话，意为不要。

题赠袁承忠老师

一阁藏书赫赫名，港通天下月湖城。

君来港校为师表，吾混鹏城一酸丁。

十里洋场新面貌，百年梦境故人情。

放怀天地多诗意，老大何妨少壮行。

【注释】①袁承忠老师是上海港湾学校的语文老师，浙江宁波人，复旦大学毕业，授课时普通话带着浓重的宁波口音，令同学们印象深刻。退休后远赴南美阿根廷随亲居住，领略异国风光，也人生乐事矣。②"书藏古今，港通天下"，宁波城市风貌，藏书指天一阁藏书楼，港口指北仑港。③"月湖"，宁波风景名胜。④"酸丁"，王渔洋说作家"乃一酸丁也"。⑤"十里洋场"，旧上海称谓。⑥"老大"，古乐府《长歌行》："少壮不努力，老大徒伤悲。"

60

赠画家鲁慕迅老师

汝水东湖景色殊，书生意气楚天舒。

解衣槃礴真画士，舐笔凝神异高徒。

礼义孝廉皆典范，诗书画印已青炉。

江城风物鹏城梦，耄耋童心冰玉壶。

【注释】①"汝水东湖"，著名画家鲁慕迅出生于河南汝州，
工作于武汉，汝水为其母亲河，东湖在武汉，为全国最大的城
中湖。②"楚天舒"，毛泽东词句"极目楚天舒"。③"解衣
槃礴"，《庄子·田子方》载："宋元君将画图，众史皆至，
受揖而立，舐笔和墨，在外者半。有一史后至者，儃儃然不
趋，受揖不立因之舍。公使人视之，则解衣槃礴，裸。君曰：
可矣，是真画者也"。典喻无拘无束、自由自在、性格率真的
画家。④"江城"，武汉又称江城。⑤"冰玉壶"，唐王昌龄
诗"一片冰心在玉壶"。

怀念著名诗人徐迟

青春六十笔含珠，科学春天鼓与呼。

哥德巴赫陈景润，托尔斯泰瓦登湖。

欲迷心窍皆魔鬼，爱入膏肓便腐儒。

无奈君非蝙蝠侠，凌空化作九天乌。

【注释】①1996年12月12日深夜，著名诗人、中国新时期报告文学之父徐迟在武汉某医院跳楼自杀身亡。回忆1992年10月6日在著名作家、诗人洪洋的引领下，在武汉水果湖拜访徐迟的往事，十几年过去，不胜感慨。②"科学春天"，1978年3月18日全国科学大会在北京召开，在31日闭幕式上，诗人郭沫若发表书面讲话《科学的春天》。③徐迟著作有《哥德巴赫猜想》、译著有《托尔斯泰传》、《瓦尔登湖》等。④"腐儒"，迂腐不明事理的读书人。⑤"蝙蝠侠"，1939年5月美国《侦探漫画》诞生的一个虚拟人物，1966年改编为电影，是一个可以飞天入地、伸张正义打击犯罪的超级英雄。⑥"九天乌"，传说古代天有九重，也作九重天，如毛泽东词句"可上九天揽月"；又古代神话传说太阳中有三足乌，故以乌作为太阳的代称。

赠诗评家杨光治老师

难卖千篇抵半卮，诗歌盈利亦传奇。

年轻思绪云天阔，远处星光神马驰。

北海灵山乡里梦，珠江流水枕边诗。

胸怀境界千千万，却为缪斯作嫁衣。

【注释】①著名诗评家、出版家杨光治老师广西灵山人氏，编辑、出版席慕蓉，汪国真、洛湃等畅销诗，创造了新时期"诗的黄金时代"。②"千篇抵半卮"，古有"李白斗酒诗千篇"之说，今有"千篇难卖杯酒钱"之叹。③ "诗歌盈利"，1984年起，杨光治老师主持花城出版社诗歌编辑室即扭亏为盈，成为全国出版界唯一盈利的诗歌室。④汪国真诗作《年轻的思绪》获得1991年全国金钥匙奖。⑤《远处的星光》系席慕蓉选编出版的蒙古现代诗选。⑥"缪斯"，英语Muses音译，古希腊神话中的诗神。

赠青年作家吴秋文先生

韩山韩水有文思，逐梦鹏城蒙太奇。

南海波涛天外梦，香江潮水枕边诗。

离骚常读真名士，天下皆为无字师。

岁月无端销傲骨，枫溪灵秀在于斯。

【注释】①深圳青年作家吴秋文，潮州枫溪人氏，著有《秋风杂谈》、《秋风闲话》、《听风拾秋》等散文集，一国两制地同时供职于《深圳特区报》和《香港商报》。②"韩山韩水"，指潮州韩山和韩江，因唐宋八大家之首韩愈治潮八月，山易名韩山，水易名韩江，香港国学大师饶宗颐有名联："溪水何曾恶，江山易姓韩。" ③"蒙太奇"，法语montage，电影剪接组合之法。④"香江"，指香港。⑤"无字师"，出自周恩来南开学校读书时的自勉联："与有肝胆人共事，从无字句处读书"。

题揭阳楼

莲花宝地揭阳楼，榕水歧山一望收。

秦越先驱开盛业，汉唐后俊竞潮流。

珠宫万象藏浮世，孔庙千秋聚鹭鸥。

给力岭东时俱进，富民强市展宏猷。

【注释】①由当代企业家黄畅然先生捐资逾亿兴建的揭阳楼及
其广场，2010年12月6日剪彩落成，盛况空前，街头巷尾传为
美谈。②"榕水"，即榕江；"歧山"，即黄歧山。③"孔
庙"，揭阳孔庙又称"文庙"、"揭阳学宫"，创建于宋绍兴
十年（公元1140年），为揭阳古代最高学府，其建筑规模乃
为全国屈指可数。④"给力"，当下流行之网络语，意为"加
油、支持、鼓劲"等。

赠著名诗人陈图渊老师

息辣青年热血浓，保家卫国立军功。

汨罗江畔寻芳草，湘子桥头唱大风。

卅载湘西游子梦，半生深圳乐天翁。

侨城梦里三五树，故地春回又葱茏。

【注释】①著名诗人陈图渊，笔名韩江柳，新加坡出生，15岁归国参加志愿军，新加坡全球汉诗总会副会长兼秘书长，深圳市艺术学院教授。②"息辣"，即新加坡，马来语（Selat）"海峡"之意。③"汨罗江"，屈原投江之所。④"湘子桥"，即陈图渊老师家乡潮州韩江湘子桥。⑤"侨城"，即陈图渊老师退休寓所深圳华侨城，并有诗云："梦里曾栽三五树，醒来无果又无花"。

题赠书法家、篆刻家钟国康先生

最丑那人钟国康，雷人黑发黑衣装。

笔养天地精神气，石刻春秋雨雪霜。

丈纸纵横惊四座，寸方气度镇边疆。

云开眉目苍穹貌，我自为师岂夜郎？

【注释】①著名书法家、篆刻家钟国康先生，别号寄缶庐主，出版有《钟国康书法篆刻集》、《寄缶庐之印存》等等。②"最丑那人"，《最丑的那个人——钟国康另类艺术人生》，陈文著，作家出版社2010年6月第1版。③"雷人"，网络流行语，钟国康系湛江雷州半岛人氏，自称雷人也。④"我自为师"，石涛语。⑤"云开眉目"，黄庭坚《东坡先生真赞》："眉目云开月静，文章豹蔚虎炳。"⑥"夜郎"，夜郎古国，成语"夜郎自大"。

题赠中山大学谢有顺教授

汀水美溪堪自夸，珠江春日煮新茶。

凤凰醉酒文思熟，麒麟转世笔生花。

中大铮铮几谔士，文坛耿耿一团麻。

虽无官守有言责，但有胸怀读五车。

【注释】①著名青年文学评论家谢有顺，福建长汀县美溪村人，中山大学教授、博导，著有《从世俗中来，到灵魂里去》等。②"凤凰醉酒"、"麒麟转世"（麒麟脱胎）均为长汀县美食名。③"谔士"，谔谔之士，直言争辩之士。苏东坡《讲田友直字序》："千夫诺诺，不如一士之谔谔"。④"耿耿"，形容心中不能宁贴，耿耿于怀。

赠著名诗人祁人先生

逐梦京城红豆思，灯城灼灼紫薇枝。

真情流露多佳作，无病呻吟少好辞。

太白风流山水幸，新娘模样母亲姿。

爱入膏肓情何憾？文到妙处便是诗。

【注释】①著名青年诗人祁人，故乡四川自贡，灯笼之乡，现任中国诗歌学会副秘书长。②"红豆思"，祁人《命运之门》有诗句"比如红豆般的相思"。③"灯城"，自贡素有南国灯城之誉。④"紫薇"，自贡市花。⑤"灼灼"，《诗经》："桃之夭夭，灼灼其华"。⑥"新娘模样母亲姿"，祁人《和田玉》诗云："为什么叫新娘？新娘啊，是母亲将全部的爱/变做妻子的模样/从此陪伴在我的身旁"。⑦"文到妙处便是诗"，诗人徐迟之语。

赠艺术杂家黄河先生

大陆李敖丁是丁，良心如枕梦初惊。

谁知匕首投枪手，竟道工农商学兵。

刻薄文辞当棒喝，优雅字印却抒情。

若非脱俗超凡者，跳进黄河洗不清。

【注释】①黄河，广东揭西人，书法家、杂文家、策划家，自诩当过工农商学兵，有"大陆李敖"之称，著有《黄河指书、篆刻、硬笔书法作品集》、杂文集《酸涩集》、《笑里藏道》、《乌龟上岗》、《画里有话》等等。②"丁是丁"，即"丁是丁，卯是卯"，天干地支，不能相混；也形容做事认真，一丝不苟。③"良心如枕"，黄河写的一篇杂文名。④"当棒喝"，即成语当头棒喝。

赠著名诗人吉狄马加先生

昭觉少年自昂藏，支呷阿鲁射天狼。

仓央嘉措藏歌地，吉狄马加火凤凰。

青海胸怀存锦绣，昆仑境界大文章。

送你上帝的粮食，我吉勒布特姑娘。

【注释】①吉狄马加，彝族，著名诗人，出生于凉山地区昭觉县，现任全国青联副主席、青海省委常委、宣传部长、中国诗歌学会常务副会长等职。②"支呷阿鲁"，彝族民间英雄史诗《支呷阿鲁》，相传为彝人的始祖和英雄。③"射天狼"，《楚辞·东君》："举长矢兮射天狼"，天狼指星座名；又苏东坡《江城子·密州出猎》："会挽雕弓如满月，西北望，射天狼"。射天狼形容英雄气概。④"仓央嘉措"，六世达赖喇嘛，西藏历史上著名的人物，西藏浪漫诗人，其诗歌在藏区广泛流传，家喻户晓。⑤"火凤凰"，传说中的神鸟，也是世界上最美的鸟，当它自觉处在美丽的颠峰，无法再向前飞行的时候，就自己火焚，然后在灰烬中重生。⑥"上帝的粮食"，当代诗人王燕生著有诗学随笔《上帝的粮食》。⑦"吉勒布特"，大凉山地带一地名，吉狄马加在《回答》诗里写道："你还记得/那条通向吉勒布特的小路吗？/一个沉重的黄昏/我对她说：/那深深插在我心上的/不就是你的绣花针吗/（她感动地哭了）"。

赠著名诗评家张同吾先生

梦里冰城竹马游，京华岁月著春秋。

不商不仕凌云笔，有学有情孺子牛。

传世诗歌真美善，留芳名节史公俦。

借我一双慧眼吧，李杜当年非主流。

【注释】①张同吾，河北乐亭人，出生北国冰城哈尔滨，著名诗歌理论家，中国作协创研部研究员、中国诗歌学会秘书长，著作有诗歌理论集《诗的审美与技巧》、《诗潮思考录》、《诗的灿烂与忧伤》、《沉思与梦想》、《诗的本体与诗人素质》、《枣树的意象和雨的精魂》、《青铜与星光的守望》、诗集《听海》、散文集《放牧灵魂》、《哲学的白天与诗的夜晚》等。②"有学有情"，董桥语："有学才有深度，有情才不会枯燥"。③"孺子牛"，鲁迅诗句"横目冷对千夫指，俯首甘为孺子牛"，又有清代洪亮吉《北江诗话》卷一引钱季重作的柱贴："酒酣或化庄生蝶，饭饱甘为孺子牛"。④"史公"，即太史公，指《史记》作者司马迁。⑤"借我一双慧眼吧"，当代歌星那英《雾里看花》歌词。⑥"李杜当年非主流"，据上海古籍出版社出版的《唐人选唐诗十种》的统计，李白、杜甫诗歌极少入选，有的选本甚至不选，令后人徒生感慨。

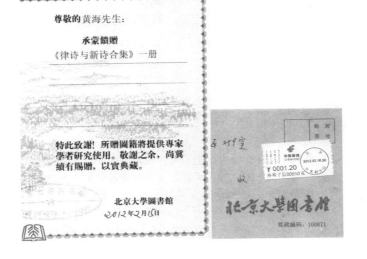

尊敬的黄海先生：

承蒙馈赠

《律诗与新诗合集》一册

特此致谢！所赠图籍将提供专家学者研究使用。敬谢之余，尚冀续有赐赠，以实典藏。

北京大学图书馆

2012年2月15日

¥0001.20
外埠平信00010克

北京大學圖書館

邮政编码：100871

赠青年作家吴君女史

奢华年代梦也真，荒诞构思耳目新。

小说如今兴刺激，世风眼下重金银。

文章发表两人读，诗作流行下半身。

吴带曹衣盈若舞，君臣佐使息相因。

【注释】①吴君，著名青年作家，深圳市作家协会副主席，著有小说《我们不是一个人类》、《亲爱的深圳》、散文集《天越冷越好》等。②"文章发表两人读"，某作家作品发表，发现排错段落，急电杂志责任编辑，责编说，不用紧张，认真阅读大作的，除你我两人外，估计不会有第三者。③"下半身"，2000年7月先锋派诗人沈浩波炮制出《下半身写作及反对上半身》，提出"诗歌从肉体开始，到肉体为止"的观点，并出版《下半身》诗歌杂志，形成下半身写作流派。④"吴带曹衣"，吴指画圣吴道子、曹指北齐绘画大师曹仲达，形容画艺高深。也作"吴带当风，曹衣出水"。⑤"君臣佐使"，是中药方剂配伍的一种形式，意在阴阳协调、天人合一。⑥"吴带曹衣盈若舞，君臣佐使息相因"，两句系嵌名联。

感 谢 状

黄海 先生：

　　承赐《律诗与新诗合集》一册，即将分编入藏，以飨读者。

　　先生厚爱，泽被馆藏，沾溉学子，惠及当代，功垂未来。谨奉寸缄，特致谢忱！

　　祈盼 您继续俯以鼎力，关心敝馆馆藏，时时鞭策垂教！

　　敬祝 您 福体安康，阖府迪吉！

南京大学图书馆

2012 年 2 月 24 日

南京大学图书馆

地址：南京市汉口路22号

邮政编码：210093

赠画家王德旭老师

固守晓风残月楼，蓬莱仙岛海城鸥。

师牛堂主求章印，元白先生赠打油。

腹有诗书龙虎阵，胸无沟壑汗车牛。

放怀天地书斋外，笔墨为零神马游。

【注释】①画家王德旭先生祖籍山东蓬莱，辽宁海城出生，八十年代移居深圳，诗书画印皆通。书斋名有抱今斋、晓风残月楼等。②"师牛堂主"，近代著名画家李可染以师牛堂主自居。③"元白先生"，当代著名书法家启功先生，字元白。所赠打油诗曰："书法东拼西凑，打格间架结构。行草停停走走，大篆没谁参透。论诗作文再翻，写字多写方就。一人一个法子，古人别看不够"。④"汗车牛"，谓牛车因运书累得出汗，形容著述或藏书极多。⑤"笔墨为零"，著名画家吴冠中语，并引起画坛激烈争论，其旨应为"修养为上，笔墨为零"。⑥"神马"，汉语拼音首个字母为sm与"什么"同，网民输入"什么"误为"神马"，"神马都是浮云"成为2010年网络最流行语。此处神马游指天马行空，无所束缚。

黄海 女士 先生 臺鑒：

惠赠《律诗与新诗合集》等

/ 种 / 册業已列入館藏。

對您嘉惠學林之舉，深表謝忱。

即頌

時綏

厦門大學圖書館館長；

2012年 2月 16日

厦門大學圖書館
Xiamen University Library
HTTP://Library.xmu.edu.cn TEL/FAX:0592-2182360

邮政编码：361005

泰山游感

情满青山泰岳游，攀登绝顶气如牛。

林间仙子无缘遇，世上文君不易求。

相悦何须铜锁结，修身岂止稻粱谋。

天峰凛凛天难老，莫笑多情渐白头。

【注释】①"绝顶"，杜甫诗："会当凌绝顶，一览众山小。"②"文君"，即汉代才女卓文君。③"铜锁结"，痴心男女购铜锁结于名山之上，曰天长地久连心锁，有大刹风景之嫌。④"天峰"，即泰山名胜天柱峰。⑤"多情渐白头"，苏东坡词："多情应笑我，早生白发"。

无题怀想

亮翅流星一笑颦，万家灯火醉红尘。

人间真爱重情义，世上知音弥足珍。

化蝶归茔千古恨，飘蓬回首百年身。

那堪世事空怀抱，胸次何以寄可人？

【注释】①"化蝶"，相传东晋时梁山伯与祝英台的爱情故事，感动天地化蝶双舞。②"飘蓬"，飘飞的蓬草，比喻人生飘泊无定。③"胸次"，胸间，亦指胸怀。宋黄庭坚诗："豁然开胸次，风至独披襟"。

题赠深圳弘法寺印施法师

暮鼓晨钟弘法身，仙湖禅影远凡尘。

愤时嫉俗须感化，乐业安生倍精神。

卅载鹏城梦寥廓，百年烟雨悟迷津。

梧桐山顶月明夜，一样相思百样人。

【注释】①王力布同学曾于深圳仙湖弘法寺剃发出家，师父为当代中国佛界泰斗本焕长老，赐法名印施。②"鹏城"，深圳又称鹏城。③"迷津"，佛教用语，指迷妄的境界。④"梧桐山"，深圳最高峰，海拔944米。

题赠老兄弟洪鹰飞

白面书生潮剧中，肥头大耳性灵通。

追寻花信养蜂伯，守护海疆洪圣公。

喝酒三斤称好汉，食糜八碗亦英雄。

此生愿向花丛老，不惜将身化蝶蜂。

【注释】①吾友洪鹰飞，善饮豪爽，性情中人也。其大学毕业后，一直在深圳基层湾厦村工作，农城化改造后，湾厦村成为深圳市最富裕的社区之一。②"洪圣公"，相传洪圣公就是传说中的祝融、火帝，司夏日，司南岳，司南海，被海疆渔民奉为神明，已信仰数千年之久。③"养蜂伯"，鹰飞其父为养蜂专业户，乡人尊称养蜂伯。④"食糜八碗"，潮汕人喜食粥，鹰飞自言，一次回乡肚困竟食糜配咸菜八大碗，随有肚疼入院求医之虞。

题赠气功师袁健骅医生

城角陶埙彻夜吹，闻鸡起舞练几回。

传承武艺路文瑞，受业岐黄吕炳奎。

锄暴安良凭法治，悬壶济世系民哀。

一针起死回生术，不负苍天降异才。

【注释】①袁健骅，气功师，1956年出生于古都西安，祖籍安徽宿县，系高级气功师、中医师、武术主教练、白猿通背拳传人、卫生部中老年健康保健咨询委员会委员。②"陶埙"，中国古代陶制吹奏乐器。③"路文瑞"，一代武术宗师，白猿通背拳传人。④"岐黄"，原指中医始祖岐伯和黄帝，后为中医学术的代称。⑤"吕炳奎"，中医泰斗，新中国中医事业奠基人。

有感于与吾同名同姓者

世间何处觅神明，利禄功名误此身。

靖节先生五斗米，相如辞赋百斤金。

裸婚年代情何憾？非典时期梦亦真。

师古师今师造化，同名同姓不同人。

【注释】①网上搜索，得知西安有诗人黄海、湖南有社会学博士黄海……中国之大，同名同姓者何其多也。②"靖节先生"，即陶渊明。③"相如辞赋百斤金"，相传司马相如为陈皇后作《长门赋》一篇，润笔竟得黄金百斤。④"裸婚"，电视连续剧《裸婚时代》，改编自唐欣恬小说《裸婚——80后的新结婚时代》。⑤"非典"时期，即2003年SARS时期，泛指非常时期。

赠与陈为彬乡贤共勉

韩江春雨涨文思，古巷书声夜鼠饥。

论画评诗无影迹，愤时嫉俗有微词。

哥伦比亚洋荤梦，南国鹏城潇洒姿。

如是我闻心耿耿，大千世界即吾师。

【注释】①乡贤陈为彬，潮州市古巷人，少习瓷画，后以水墨为乐，笔名无影，生性乐观，不为生活所羁绊也。②"夜鼠饥"，当代画家谢申诗句："青烛寒窗饥鼠夜，羁蓬旷月回雁坡"。③"哥伦比亚洋荤梦"，中国加入WTO之前，为使纺织品顺利进入美国，陈为彬年青时曾前往哥伦比亚作转口贸易两年，留下洋荤梦。

立秋有感寄QQ

朝云暮雨醉苏郎，千古文思急就章。

爱是痴情的猎手，梦为尘世底行囊。

人非木石终易老，诗有别才自癫狂。

虽至立秋天尚热，一头雾水好清凉！

【注释】①"朝云暮雨"，原指神女峰早晚的变化，旧时用以比喻男女欢会，朝云暗指苏轼侍妾王朝云。②"苏郎"，即苏东坡。③"急就章"，一种刻印方法，又指汉代名碑《急就章》拓片，现代释义：为了应付需要、匆忙完成的作品或事情。④"梦为尘世底行囊"，台湾歌星孟庭苇歌词："冬季到台北来看雨，梦是唯一行李"。⑤"诗有别才"，宋代严羽《沧浪诗话》："夫诗有别才，非关学也；诗有别趣，非关理也"。⑥"一头雾水"，形容摸不着头脑，糊里糊涂；皆因网络流行语及QQ个性签名："学问之美，在于使人一头雾水"。

题赠著名诗人李瑛老师

丰天润土燕山秋，祖国河山任唱酬。

袖里文章存境界，军中才子显风流。

爱为幸福的航站，诗是灵魂底漫游。

战士忠诚悬日月，人民歌者赛鹏鸥。

【注释】①著名诗人李瑛，1926年12月出生，燕山脚下河北丰润县西欢坨村人，北京大学毕业，曾任解放军总政文化局长、全国文联副主席等职，出版56种诗文专著，是"时代的歌者、人民的诗人"。②"丰天润土"，即丰润县。③"幸福的航站"，美国影片汤姆·汉克斯（Tom Hanks）主演的《幸福终点站》（The Terminal）又名《航站奇缘》，片中主角维克多因故滞留在机场9个月，不但随遇而安快乐生活，还收获了空姐艾米利亚的浪漫爱情。④"诗是灵魂底漫游"，当代学者王岳川说："诗是一种灵魂的漫游"。⑤"悬日月"，李白诗："屈平辞赋悬日月，楚王台榭空山丘"。

题赠堪舆名师吴伟国先生

仙人取宝水龙经，铜鼓峰峦日月生。

香象渡河星宿现，雄狮拜佛大仪行。

芙蓉国度游莘子，八卦乾坤识地衡。

莫问杨公灵穴位，诗书耕读德馨名。

【注释】①吴伟国，广东丰顺县人，湖南大学化学系毕业，获学士学位，却醉心于堪舆学，踏遍青山为民服务。②"仙人取宝"，铜鼓峰上的名胜之一。③"水龙经"，传统风水经典。④"铜鼓峰"，丰顺县境内最高峰，海拔1559.5米，素有粤东第一峰之称。⑤"香象渡河"，比喻悟道精深，形容文字精辟透彻。⑥"雄狮拜佛"，张家界的风景传说。⑦"大仪行"，天地大仪运行。⑧"芙蓉国度"，指湖南，毛泽东诗"我欲因之梦寥廓，芙蓉国里尽朝晖"。⑨"莘子"，即莘莘学子。⑩"杨公"，唐代光禄大夫杨筠松，为杨派风水学创立者，堪舆理论分"寻龙、觅水、观砂、立向、定穴"等五类。

中元无题

善睐明眸秋水盈，清汤挂面醉儒生。

人间何事惊魂魄，世上什么最动情？

真爱应无铜臭味，浮生却有鹧鸪名。

偕行看海忘鸥鹭，听取深湾潮汐声。

【注释】①"善睐明眸"，即明眸善睐，形容女子的眼睛明亮而灵活。曹植《洛神赋》："丹唇外朗，皓齿内鲜，明眸善睐，靥辅承权"。②"清汤挂面"，原指一种面食，现为网络语，用来形容不拜金羡富、不过分追求时尚、安于平常生活并注重精神文化品味的女子。③"鹧鸪名"，晚唐诗人郑谷以《鹧鸪》诗出名，《唐才子传》称郑鹧鸪，后以鹧鸪名借指诗名。④"忘鸥鹭"，即成语鸥鹭忘机。⑤"深湾"，即深圳湾。

辛卯年中秋

泰岳深湾明月思，天宫玉兔眼迷离。

苍穹星斗无终始，世上龟蛇有竟时。

烈酒三杯能壮胆，诗书一卷可疗饥。

人生苦短知音少，莫笑尾生是白痴。

【注释】①"眼迷离"，《木兰辞》："雄兔脚扑朔，雌兔眼迷离，双兔傍地走，安能辨我是雄雌"。②"有竟时"，曹孟德《龟虽寿》："神龟虽寿，犹有竟时；螣蛇乘雾，终为土灰"。③"诗书一卷可疗饥"，前《蛇口通讯报》总编辑张梦飞先生有诗云："每忆三更书当饭，剧怜早发露成霜"。④"尾生"，是历史上第一个有记载为情而死的青年，据《庄子·盗跖》："尾生与女子期于梁（桥）下，女子不来，水至不去，抱梁柱而死"。

长白山天池游感

风驰电掣上天门，北国风光我独尊。

日照瑶池明晃晃，风吹云雾乱昏昏。

将军挺拔盈冰雪，水怪迷蒙遗梦痕。

请放慢你的脚步，等待孤独底灵魂。

【注释】①"风驰电掣"，游长白山天池须换乘由山下景区提供之吉普车，上山下山，一路风驰电掣，令游客胆战心惊。②"将军"，即将军峰，长白山最高峰。③"水怪"，指长白山天池水怪之谜。④"放慢你的脚步"，网络流行语："放慢你的脚步，等待你的灵魂"。

辛亥革命一百周年感怀

外患内忧家国愁，是谁浴血在城头？

丰碑斑驳枪声远，大地苍茫岁月稠。

宪政共和存旧梦，人权民主却洪流。

奈何赞美无意义，实则灵魂不自由。

【注释】①"城头"，鲁迅诗句："梦里依稀慈母泪，城头变幻大王旗"。②"岁月稠"，毛泽东《沁园春·长沙》："携来百侣曾游。忆往昔峥嵘岁月稠"。③"赞美无真义"，法国剧作家博马舍《费加罗的婚礼》名言："若批评不自由，则赞美无意义"。

题赠著名杂文家鄢烈山老师

通顺河边桑树栽，南方周末显殊才。

一人经典忧天下，百卷诗书当足财。

匕首投枪除世弊，江山评点叹民哀。

教溪涧死鱼浮去，让读书人站起来。

【注释】①鄢烈山，著名杂文家、时评家，湖北省仙桃市人，南方报业传媒集团高级编辑、《南方周末》报社总编辑助理。②"通顺河"，古名旗鼓堤河，是汉水支流芦洑河的一条分支，流经仙桃市。③"一人经典"，鄢烈山杂文集《一个人的经典》获第三届鲁迅文学奖。④"足财"，充足的财富，使财用富足。⑤"江山评点"，即鄢烈山杂文集《评点江山》。⑥"让读书人站起来"，参见华东师范大学许纪霖教授的著作《读书人站起来》。

题赠深圳文化名人胡野秋仁兄

纵横中国说神州,青弋江边岁月稠。

酒友诗朋多痛快,胡腔野调亦风流。

将真情奉献观众,把月亮还给中秋。

唯有死鱼顺流下,断无骏马作耕牛。

【注释】①胡野秋,安徽芜湖人氏,深圳著名文化学者、作家,凤凰卫视"纵横中国"栏目总策划、主持人。②"纵横中国",胡主持的凤凰卫视电视栏目。③"青弋江",古称清水或泾溪,流经芜湖注入长江。④"胡腔野调",胡野秋作品集《胡腔野调》。⑤"把月亮还给中秋",胡野秋博文《把月亮还给中秋》。

夜读随想

浮生最乐少年游，地阔天宽云水舟。

壮丽河山多境界，和谐社会少权谋。

神存富贵轻阿堵，志向鹄鸿重山丘。

人怕老来文怕嫩，休将浅薄作风流。

【注释】①"云水舟"，即水云舟，谓泛舟于水云之际。元代仇远《答胡苇杭》："蕉鹿梦回天地枕，莼鲈兴到水云舟"。②"神存富贵"，唐代文艺理论家司空图语录："神存富贵，始轻黄金"。③"阿堵"，即阿堵物，西晋的一些士族阶层自命清高，耻于言钱，称钱为阿堵物，有讽刺意义。④"鸿鹄"，司马迁《史记》："燕雀安知鸿鹄之志哉"；"重山丘"，清代诗人黄仲则诗："姓名未死重山丘"。⑤"人怕老来文怕嫩"，董桥语："人怕老，文怕嫩"。

蛇口举办秦代兵马俑展览

黩武穷兵嬴政王，中华一统秦始皇。

千秋功罪任评说，万载兴亡成史章。

兵俑英姿忆往日，山松苍翠自朝阳。

伶仃海外悠悠水，旭日东升照远航。

【注释】：1983年7月参观蛇口秦代兵马俑展览稿于招商局蛇口工业区。

赠《文学自由谈》任芙康老师

呷酒麻花相益彰，回锅肉里有名堂。

荷枪携笔终文士，左铅右椠亦锋芒。

鼻孔朝天多傲骨，额颅着地少昂藏。

高才自古皆超脱，伊妹君为作嫁妆。

【注释】：①任芙康，四川渠县人，高级编辑，现居天津并任《文学自由谈》、《艺术家》杂志社主编。②"呷酒"，渠县特产，一种高粱酿制的低酒度饮料，曾获"四川省群众喜爱商品"称号。③"麻花"，天津特产。④"回锅肉"，据行家称，因其美味及大众化，回锅肉位列川菜排序之首。⑤"左铅右椠"，书写工具不离左右，意谓不停地写作。⑥"鼻孔朝天"，任芙康随笔《鼻孔朝天的人》："鼻孔朝天的人，通常都是很骄傲的人。而骄傲的人，大多数都是有名堂的人"。⑦"伊妹"，即E-mail，《文学自由谈》启事：只拜读纸面文稿，认可后会通知作者，向指定伊妹儿发文稿。

赠乡贤蔡树忠中医师

十字青囊岁月深，月城赤岸五株林。

一门三代七医士，百部千张太子参。

先祖蔡伦存好德，业师扁鹊立规箴。

杏风高奏悬壶曲，儒士长怀济世心。

【注释】：①蔡树忠医生，广东揭阳月城镇赤岸村人氏，祖上创立治源堂药铺，其父负笈上海名师方公浦，其中医剂方治理疑难杂症颇有疗效，广施义诊，受到朋友好评。②"青囊"，古代医家存放医书的布袋。③"五株林"，相传三国吴董奉隐居庐山，为人治病不取钱，病重愈者植杏五株，积年蔚然成林。④"好德"，古称五福为康宁、富贵、长寿、好德、善终。⑤"扁鹊"，古代医圣，创立中医脉象学和"望闻问切"诊断方法。

著名美学家高尔泰

梦里家山添旧愁，敦煌霜月夹边沟。

流亡有幸成鸥鹭，论美无端作楚囚。

满纸苍凉凝血泪，半生悲恻守风猷。

人间天地浩然气，不尽长江滚滚流。

【注释】：①高尔泰，美学家、画家、作家，1935年生于江苏高淳，1957年因发表美学论文《论美》而被打成右派，被送到"夹边沟劳改农场"劳改，1962年至1990年在敦煌文物研究所、中国社会科学院、兰州大学、四川师范大学等从事绘画与美学研究，1993年飘洋过海，现居住在美国。②"楚囚"，本指春秋时被俘到晋国的楚国人钟仪，后用来借指被囚禁的人，也比喻处境窘迫、无计可施的人。恽代英《狱中诗》："已摈忧患寻常事，留得豪情作楚囚"。③风猷"，风教德化，指人的风采品格。④"不尽长江滚滚流"，杜甫《登高》："无边落木萧萧下，不尽长江滚滚来"。

清明节回乡谒祖返深有感

观山梦里少年游，地北天南云水舟。

踏浪伶仃迷影迹，弄潮深圳作鹏鸥。

千秋故国繁华梦，百载风云壮士头。

五秩人生多憾事，时光机器惜难求。

【注释】：①"观山"，即家乡观音山。②"云水舟"，即水云舟，谓泛舟于水云之际。元代仇远《答胡苇杭》："蕉鹿梦回天地枕，莼鲈兴到水云舟"。③"伶仃"，即伶仃洋，古称零丁洋，文天祥诗："惶恐滩头说惶恐，零丁洋里叹零丁"。④"繁华梦"，繁盛美好的梦，宋代陆游诗："放翁五十犹豪纵，锦城一觉繁华梦"。⑤"时光机器"，2002年美国Dream Work公司出品的电影《The Time Machine》，讲述主人公驾驶时光机器进行时间旅游的冒险故事。

题赠赵燕民方家

京华风物富春秋，南国鹏城壮志酬。

从政愧为名利客，呼朋却作醉乡侯。

空谈误国须铭戒，实干兴邦要计谋。

书画琴棋皆逸醉，此生有味在工休。

【注释】：①"富春秋"，即富于春秋，谓年少、年轻，李贤注《后汉书·乐恢传》曰："春秋谓年也。言年少，春秋尚多，故称富"。②"名利客"，宋黄庭坚《牧童诗》："骑牛远远过前村，短笛横吹隔垄闻。多少长安名利客，机关算尽不如君"。③"醉乡侯"，戏称嗜酒者。④"空谈误国，实干兴邦"，上世纪90年代初蛇口工业区树立的口号，后为深圳十大观念之一。⑥"铭戒"，在器物上刻写警戒性文辞。⑦"此生有味"，宋代苏东坡诗："醉饱高眠真事业，此生有味在三余"。古人董遇读书有三余之说，即"冬者岁之余，夜者日之余，阴雨者时之余也"。

新儒家（之一）马一浮

传经马列岂冬烘，六艺诗书广博闻。

谁使才情惊四海，终能迎刃解三坟。

斯人德业长江水，绅士文章女子裙。

百世千秋归一瞬，崦嵫落日总浮云。

【注释】：①"传经马列"，马一浮，著名诗人、书法家、国学大师、一代儒宗，著述宏富，是中国引进马克思《资本论》的第一人。②"冬烘"，迂腐、浅陋之意。宋范成大诗："长官头脑冬烘甚，乞汝青钱买酒回。"当代思想家李慎之先生曾认为，马一浮只是一个"冬烘"而已。③"六艺"，指诗、书、礼、乐、易、春秋，乃国学精粹；又指六类或六个部门的文化学术与教化。④"才情惊四海"，清龚自珍语："纵使文章惊海内，纸上苍生而已"。⑤"三坟"，指中国最古老的书籍，《左传·昭公十二年》云："是能读三坟、五典、八索、九丘"。⑥"女子裙"，林语堂语："绅士的文章应像女人的裙子，越短越好"。⑦"崦嵫"，即崦嵫山，今为甘肃齐寿山，既是轩辕故里，又是先秦发祥之地，伟大诗人屈原认为是日落之所；唐李益诗："安得凌风羽，崦嵫驻灵魂"。马一浮临终诗："乘化吾安适，虚空任所之。形神随聚散，视听总希夷。沤灭全归海，花开正满枝。临崖挥手罢，落日下崦嵫"。

新儒家（之二）梁漱溟

乡村建设乌托邦，反面教员世无双。

三请何以乞雅量，百辞莫辩一言堂。

伟人调侃伪君子，后辈尊称真脊梁。

头顶光环皆掠影，那堪遗臭与流芳。

【注释】：①梁漱溟（1893～1988），著名思想家、哲学家、教育家、国学大师，有"中国最后一位儒家"之称。②"乡村建设"，梁早期热忱于中国乡村的改良建设，著有《乡村建设理论》一书。③"乌托邦"，英国空想社会主义者托马斯·莫尔著作《乌托邦Utopia》，描述人类思想意识中所憧憬的美好社会。④"反面教员"，毛泽东说梁"这个人的反动性不充分揭露不行，不严厉批判也不行。因此我主张他继续当政协委员。他还有充当活教材的作用"。⑤"乞雅量"，1953年9月18日全国政协会议上，发生梁漱溟顶撞毛泽东主席的事件，梁说："主席您有这个雅量，我就更加敬重您；若您真没有这个雅量，我将失掉对您的尊敬"。⑥"伪君子"，毛泽东主席曾经调侃梁漱溟说："人家说你是好人，我说你是伪君子"，梁冷笑不服。⑦"真脊梁"，后世尊称梁漱溟为"否定文革第一人"、"最后的儒家"、"中国的脊梁"。

新儒家（之三）熊十力

少年仗剑武昌门，天地苍茫我独尊。

灌顶当推禽兽说，菩提开化佛儒根。

呕心沥血著新识，傲世孤标铸哲言。

利禄功名如粪土，斯人伟岸在精魂。

【注释】：①熊十力（1885—1968），著名哲学家，新儒家
开山祖师，国学大师。②"武昌门"，熊十力14岁从军并考
入湖北陆军特别小学堂，参加反清革命团体和武昌起义，曾被
任命为湖北军政府参谋。③"我独尊"，即惟我独尊，原为佛
家语，意思是说：这个世界没有比保持"本我"更重要的了，
人什么都可以不在乎，唯独不能忘记自己的"本心"。现指认
为只有自己最了不起，形容极端自高自大。熊少年时曾口出狂
言："举头天外望，无我这般人"，令父兄诧异。④"禽兽
说"，熊少年时因读明代硕儒陈白沙的《禽兽说》而顿然开

悟，他说："余读白沙先生书，约在十六七岁时。当时受感最大最深者，首在《禽兽说》。……余因白沙《禽兽说》，顿悟吾生之真，而深惜无始时来，一切众生都不自觉"。⑤"趋若骛"，即趋之若骛，像鸭子一样成群跑过去，比喻争先恐后。

著名诗人聂绀弩

新奇幽默好辞章，高级打油也宋唐。

酒过三巡真本性，天生一副臭皮囊。

头颅可抵千斤顶，胆气能摧百炼刚。

射向未来的子弹，折回美丽底灵光。

【注释】：①聂绀弩（1903～1986），著名诗人、散文家、编辑家、古典文学研究家，五十年代因其诗词及言论惨遭迫害，被扣"右派"帽子和"现行反革命罪"，被判无期徒刑，服刑九年后，1976年平反获释。有《聂绀弩杂文集》、《聂绀弩旧体诗集》等传世。②"新奇幽默"，后世评论聂诗"新奇而不失韵味、幽默而饱含辛酸"。③"高级打油"，冯永军在《当代诗坛点将录》云："聂绀弩诗，可称之曰'高水准之打油诗'"。④"射向未来的子弹"，在美国文化中，诗歌具有至高无上的地位，被视为从现实世界射向未来的子弹，折射回的光泽，带着美丽、爱意和自由的灵光。

拟结婚誓词

人海之中找到你，两情相悦俩相知。

子云风采三秋月，佛说姻缘千载痴。

鸾凤和鸣连理树，相濡以沫案齐眉。

妇随夫唱传家教，贫富兴衰不弃离。

【注释】：①"人海之中找到你"，《射雕英雄传》歌词："人海之中，找到了你，一切变了有情义；从今心中，就找到了美，找到了痴爱所依"。②"风采三秋月"，诗联曰："风采三秋明月，文章万里长江"。③"千载痴"，源于清代《义妖传》（《白蛇传》）里的一句话：百年修得同船渡，千年修得共枕眠。至于是否佛说，则出于良好愿望而无妨。④"鸾凤和鸣"，鸾鸟凤凰相互应和鸣叫，比喻夫妻和谐。⑤"连理树"，即连理枝，比喻夫妻恩爱。⑥"相濡以沫"，《庄子·大宗师》："泉涸，鱼相与处于陆，相呴以湿，相濡以沫，不如相忘于江湖"。泉水干了，两条小鱼为保全性命，互吐涎沫相润湿，比喻夫妻共度困境。⑦ "案齐眉"，即举案齐眉，比喻夫妻互敬互爱。

时事随感

穿衣戴帽费民财，形象工程究可哀。

政绩缠绵ＧＤＰ，民生纠结ＣＰＩ。

拼爹年代爹也鲨，房控时期房亦媒。

欧债危机平地起，西天隐隐作惊雷。

【注释】：①"穿衣戴帽"，地方政府举办大型社会活动之
前，对市容市貌环境改造提升工程的俗称。②"形象工程"，
能够标榜某些官员个人政绩的门面工程。③"GDP"，即国内
生产总值（Gross Domestic Product的缩写）；著名打工诗
人、省人大代表郑小琼2010年2月1日在广东省人大会议分组讨
论上说："我就听到有些老百姓将GDP念成'鸡的屁'"。④
"CPI"，消费物价指数（Consumer Price Index的缩写）。⑤
"拼爹年代"，指当今青年在上学、找工作、买房、婚恋等方
面比拼的不是自己的能力，而是各自的父母。⑥"鲨"，原指

海洋古生物；读厚音，与网络流行语Hold相同音。⑦"房控时期"，指2010年起国家对房地产市场实行严厉的限价限购限贷等调控政策时期。⑧"欧债危机"，指2008年全球金融危机爆发后，希腊等欧盟国家所发生的主权债务危机。

新宝安计划复旦大学进修有感

回首当年叹寂寥，边陲巨变戒奢骄。

浦江两岸日新异，深港同城互赶超。

升级转型寻景遇，双年建设立高标。

珠峰境界凌云笔，不负滔滔改革潮。

【注释】：①在欧洲主权债务危机和世界经济格局下行的背景下，为实现宝安区的产业转型升级，深圳市宝安区2012年7月举办"新宝安计划"（产业转型升级主题）复旦大学进修班。②"双年建设"，宝安区提出2012年为"转型升级年、作风提升年"。

潮鼓夯歌

激情岁月血如潮，改革争当黑白猫。

潮鼓夯歌创业路，鸿图华构彩虹桥。

姓资姓社谁裁定？美日俄欧我赶超。

祖国河山如意笔，风流人物看今朝。

【注释】：①"激情岁月"，作家石钟山小说《激情燃烧的岁月》，2001年由康洪雷导演，孙海英、吕丽萍、黄海波等主演成同名电视剧。此处指深圳改革开放创业初期。②"黑白猫"，《邓小平选集》（第1卷）《怎样恢复农业生产》："黄猫、黑猫，只要捉住老鼠就是好猫"，后来流传为："不管黑猫白猫，捉到老鼠就是好猫"。③"潮鼓夯歌"，近为深圳市湾厦村撰写楹联："湾环锦绣和谐天地，厦庇温馨幸福人家"又联："湾临后海潮鼓夯歌创业路，厦倚南山鸿图华构彩虹桥"。潮鼓夯歌确系特区创业初期的写照。④"鸿图华构"，宏大华美的建筑景观。明代张居正《宫殿纪》："鸿图华构，鼎峙于南北"。

宁化中学廿年校庆回乡感怀

车入缶窑车辘轻，乡村夕照雨秋晴。

童年忆趣怜幽草，驽马知途托后生。

廿载风霜桃李盛，卅年梦境故人情。

从今应作柯亭想，山谷悠扬牧笛声。

【注释】：①"缶窑"，家乡观音山入寨之处，因盛产大水缸
而闻名潮汕平原，现仅剩窑址。②"怜幽草---托后生"，钱锺
书《槐聚诗存》："晚晴尽许怜幽草，末契应难托后生"。③
"驽马"，《荀子·劝学》："骐骥一跃，不能十步；驽马十
驾，功在不舍。"④"柯亭"，古地名，在今浙江绍兴西南，
以产良竹著名。明刘基《横碧楼记》："予又闻柯亭有美竹，
可为笛，风清月明，登楼一吹，可以来凤凰，惊蛰龙，真奇事
也"。 清赵翼《新春宴集草堂》诗："百年人物出柯亭，故
事犹传旧典型"。⑤"山谷"，指观音山，又指黄山谷，即宋
书法四大家黄庭坚，其七岁作《牧童诗》云："骑牛远远过前
村，短笛横吹隔垄闻。多少长安名利客，机关算尽不如君"。

保卫钓鱼岛

昨梦稼轩挥剑奔，厉声喝我赴辕门。

扶桑神社昏鸦噪，东海惊涛骇浪吞。

甲午风云遗国恨，卢桥霜月叹哀鸿。

何时乘勇斩倭寇，慰我同胞不死魂。

【注释】：①日本政府不顾中国政府的严正警告，于2012年
9月11日上演了所谓"钓鱼岛购岛"闹剧，公然侵犯我国神圣
领土，遭到中国人民和政府的强烈反对。②"稼轩"，南宋爱
国词人辛弃疾，字幼安，号稼轩。③"辕门"，《现代汉语词
典》（2002年增补本）解释为：古时军营的门或官署的外门。
④"昏鸦噪"，即昏鸦鼓噪。⑤"哀鸿"，比喻到处都是呻吟
呼号、流离失所的灾民。

相聚羊城太古仓

相聚花城话别离，畅谈校谊语丝丝。

万般心事寄寥廓，百载情怀遗梦痴。

多想当年相执手，奈何眼下却蹰躇。

声声珍重珠江水，日夜东流无歇时！

【注释】：①校友QQ群相约，2012年10月13至14日上海港湾学校200多名校友相聚广州太古仓码头，举行校友联谊会。前来聚会的有上海、广东、海南、山东、湖北、江苏、浙江、福建等校友，还特邀9位老师从上海赶来参加，师生们济济一堂，久别重逢，无限感慨。②"梦寥廓"，毛泽东诗句："我欲因之梦寥廓，芙蓉国里尽朝晖"。③"执手"，《诗经》之《击鼓》篇："执子之手，与子偕老"。④"蹰躇"，心里迟疑，来回走动的样子。⑤"无歇时"，鱼玄机（唐）诗："忆君心似西江水，日夜东流无歇时。

夜游珠江

同窗相聚乐陶陶，也作青春踏浪潮。

往事迷蒙如夜色，旧情烂漫似歌谣。

满怀星宿天河现，两岸琼楼光影摇。

数码相机茄子笑，身材谁比小蛮腰？

【注释】：①2012年10月13日校友相聚羊城太古仓，是夜结伴畅游珠江，并撰对联曰："相聚羊城道姓呼名惊初见，畅谈校谊端茶敬酒话当年"。②"往事…旧情"，化用作家汪曾祺对联："往事回思如细雨，旧书重读似春湖"。③"天河"，郭沫若《天上的街市》："你看，那浅浅的天河/定然是不甚宽广/那隔着河的牛郎织女/定能够骑着牛儿来往"。也指珠江畔天河区。④"小蛮腰"，即小蛮腰，广州电视塔，位于珠江之畔，高600米，中国第一高塔，世界第四高塔。⑤押韵不同的另一版本："同窗相伴不知愁，也作青春踏浪游。往事回思如夜色，旧情复发似潮流。苍穹星斗天河现，珠岸琼楼光影浮。数码相机茄子笑，蛮腰堪比女名优"。

重游峨眉山

天下名山域外闻，研修维稳课昏昏。

灵猴争霸多妻妾，树挂凌霄少醒尘。

峰嶂百重浮佛阁，霞光万道显贤尊。

心中尘世千千结，化作峨眉一片云。

【注释】：①本诗押《诗韵新编》十五痕。② 2012年"十八大百日防护期"过后，政法委联合四川大学举办维稳干部短期研修班，余忝列为学员并赴成都，课余重游峨眉山。③"贤尊"，即普贤菩萨，峨眉山为普贤菩萨的道场。

题赠警察书法家吴镇光乡贤

武酒文茶堪自夸，吹拉弹唱笑哑哑。

修身养性崇三德，锄暴安良护万家。

宣纸一张现江海，笔端五寸聚烟霞。

放飞庸俗底生活，心比翅膀更天涯。

【注释】：①吴镇光，广东澄海人氏，深圳刑警，好武功，善
书法，创好玩斋和饮墨堂，博客自诩"大浪鸟"，弘扬潮汕文
化不遗余力。②"笑哑哑"，出声大笑，《易·震》："震来
虩虩，笑言哑哑"，清·袁枚《山行》："山行不觉笑哑哑，
爱好真无贵贱差"。③"三德"，《史记·中庸》："知、
仁、勇三者，天下之达德也"。④"烟霞"，烟雾和云霞，比喻
书画或文章十分精妙。南朝齐谢《拟宋玉》："烟霞润色，荃
蕙结芳"。

春节值守有感

值守何言苦与辛，万家灯火醉良辰。

雷锋一辈瘦羊士，饭盒三千肥我身。

国酒茅台新禁令，文山会海老风尘。

红霞诱饵谁能抵，我是另外一个人？

【注释】：①"瘦羊士"，即成语"瘦羊博士"，指能克己让人的人。相传汉朝建武年间，甄宇担任州从事，后来被拜为博士；皇帝每年腊月，下诏赐博士一只羊，羊有大小肥瘦，博士们为平均分羊争议不休，建议杀羊分肉，甄宇觉得可耻，就自取一只最瘦的羊，别的博士就不再争执了，给甄宇取名"瘦羊博士"。清王士祺《渔洋诗话》："多少长安苦吟客，瘦羊博士擅风流"。②"老风尘"，比喻在岁月不知不觉中消磨年青时的理想和壮志，略具失意伤感之情。唐高适诗："一卧东山三十春，岂知书剑老风尘"。③"红霞"，即赵红霞，重庆

"雷政富事件"女主角，为拍摄官员性爱视频最成功的诱饵，涉案落马高级官员11名，2012年以"敲诈勒索罪"被检察机关逮捕。④"我是另外一个人"，法国诗人阿尔蒂尔·兰波（1854～1891）沉醉于多变的人生，执著地尝试着"我是另外一个人"，他需要不断地成为"另一个人"，来确定自己的存在，诗人的生活永远在别处。

癸巳年深圳过春节

鹏城佳节庆团圆，结彩张灯丝竹弦。

新酿那堪作泥醉，老怀何复再缠绵。

文章经国梦中梦，壮志凌云天外天。

大地春呈丰稔景，家庭酒贺小龙年。

【注释】：①"丝竹"，音乐的总称。②"老怀"，宋·杨万里《和萧伯和韵》："桃李何忙开又零，老怀易感扫还生"。③"文章经国"，曹丕《典论·论文》："盖文章经国之大业，不朽之盛事"。④"大地……"句为新年春联。

重题深圳精神感怀

当年改革舞蹁跹，开放敢为天下先。

卅载风云浮世绘，一湾潮水泛漪涟。

人生出彩梦中梦，明月入怀天外天。

不论转身多少次，屁股总是在后边。

【注释】：①"浮世绘"，原指日本江户时代兴起的一种民间绘画，借指浮沉聚散不定的世间百态。②"人生出彩"，2013年3月17日，新当选的国家主席习近平说，实现中国梦就是让人民"共同享有人生出彩的机会"。 ③"明月入怀"，比喻美好的情景进入心怀，胸襟为之开朗。唐·温庭筠《醉歌》："朔风绕指我先笑，明月入怀君自知"。④"不论……"句，瑞典谚语："无论你转身多少次，你的屁股还是在你的后面"。

相聚京明

相聚京明前世缘，青春小鸟一溜烟。

虎山灯映少年梦，潭岭书翻五更天。

初恋茫然无影迹，往怀穿越有遗篇。

悠悠东逝南河水，日夜奔流奏管弦。

【注释】：①揭东县玉湖中学79届毕业生定于2013年相聚揭西京明度假村。②"虎山"，玉湖中学原址。③"潭岭"，玉湖中学新址。④"往怀"，往日的情谊。⑤"五更天"，指天快亮时，形容读书用功，语出"三更灯火五更鸡"。⑥"穿越"，现代流行语，人们为达到某种心灵慰藉而幻想穿越时空，到达理想的境界，"玩穿越"是现代人无奈之举。⑦"有遗篇"，毛泽东词："往事越千年，魏武挥鞭，东临碣石有遗篇"。⑧"南河"，即粤东榕江南河。

寄怀有赠

岁月峥嵘回首惊，芙蓉国度凤凰鸣。

文章经国诗人梦，游子思乡鸥鹭盟。

自笑顽儒飞独雁，何期红袖傍书生。

卅年一觉鹏城路，赢得酸丁蜗角名。

【注释】：①"凤凰鸣"，《诗经·大雅》："凤凰鸣矣，于彼高冈"。②"文章经国"，曹丕《典论·论文》："盖文章经国之大业，不朽之盛事"。③"鸥鹭盟"，人无机巧之心，便可与鸥鹭为友，也比喻隐退。元代黄庚《渔隐为周仲明赋》："不羡渔虾利，惟寻鸥鹭盟"。④"独雁"，即孤雁，宋黄庭坚《听宋宗儒摘阮》诗："寒虫促织月笼秋，独雁叫群天拍水"。⑤"卅年一觉鹏城路"，唐代杜牧《遣怀》："十年一觉扬州梦，赢得青楼薄幸名"。⑥"酸丁"，旧时对贫寒而迂腐的读书人嘲讽性的称呼。李国文《皇帝与作家》："作家者何？按照王渔洋的话说，'乃一酸丁也'而已"。⑦"蜗角名"，即蜗角虚名，比喻微小而没有作用的名声，典自宋苏轼词《满庭芳·蜗角虚名》。

127

游大别山

少年梦境别山游，高铁飞驰半日谋。

百里菜花飘彩带，一溪春水映民楼。

毕升故里寻芳草，太白仙踪觅鹭鸥。

茶话忠贞添乐趣，乌云朱迹好题留。

【注释】：①"少年梦境别山游"，少年时曾经沉迷革命小说《大别山上红旗飘》，随有与友人游英山县大别山之机缘。②"毕升故里"，1992年在英山县伍桂村，考古发现活字印刷术发明家毕升的墓碑。③"太白仙踪"，相传诗仙李太白游于此山，感叹山南山北景色之殊，不禁叹道："山之南山花烂漫，山之北白雪皑皑，此山大别于他山也！"大别山因而得名。④"乌云朱迹"，英山县十景之一，相传一妇遇贼，宁死不辱，殒身岩下。民间诗人石壁题诗云："壁间仙影倒悬奇，手抱婴儿几度悲。云鬘摧残添野棘，霞裳剥落积封泥。血斑溅石千年恨，性烈惊猿五夜啼。试问两人当日事，拼生岩下为阿谁"。此诗楷书朱色，以湿巾拭之即现，尽管风摧雨洗，永不变色，成一奇景。

题赠辞赋家颜其麟老师

荆楚枝江盛酒名，古今诗酒最人情。

文辞纸上千秋富，翰墨胸中百万兵。

天地立心心耿耿，金丹换骨骨铮铮。

悲乎世道崇阿堵，幸也江山作赋铭。

【注释】：①颜其麟，湖北枝江人氏，著名诗人、辞赋家、书画家，中华辞赋研究院院长，著有《颜其麟赋集》、《颜其麟骈文集》、《古诗新魂》等等。②此诗用韵《诗韵新编》十七庚部。③"天地立心"，宋哲学家张载说，读书人应"为天地立心，为生民立命，为往圣继绝学，为万世开太平"。④"金丹换骨"，比喻诗人创作进入了造诣极深的顿悟境界。宋·陆游《夜吟》诗："六十余年妄学诗，工夫深处独心知。夜来一笑寒灯下，始是金丹换骨时"。⑤"阿堵"，六朝和唐时的常用语，相当于现代汉语的"这个"，暗指阿堵物，引申义为"钱"。⑥颜师《七律·回馈次韵黄海先生赠吾诗》："既负家乡屈子名，又惭桑梓昭君情。琴棋书画为庸士，弹唱吹拉乃弱兵。义址仁基文翼翼，诗囊文榻舜兢兢。耋龄方悟文章富，盛世或钦辞赋铭"。

题赠著名画家李世南老师

野奇怪乱黑图新，八百秦川真凤麟。

道骨仙风鹦鹉笔，朝秦暮楚水云身。

造物有情怜画士，吾曹无力扫红尘。

谁使凡心空荡荡，我为生活铸精神。

【注释】：①李世南，别名阿难，1940年11月出生于上海，当代画家，曾师从著名画家石鲁。1956年赴西安，后调武汉和深圳，国家一级美术师，出版有《李世南画集》等等。②"野奇怪乱黑"，时人讽刺画家石鲁的画为"野奇怪乱黑"，石鲁打油诗调侃曰："人骂我野我更野，搜尽平凡创奇迹。人责我怪我何怪，不屑为奴偏自裁。人谓我乱不为乱，无法之法法更严。人笑我黑不太黑，黑到惊心动魂魄。野怪乱黑何足论，你有嘴舌我有心。生活为我出新意，我为生活传精神"。③"鹦鹉笔"，比喻高超的文笔。④"朝秦暮楚"，战国时秦楚相争，诸侯小国时而倾向秦，时而倾向楚，比喻人的行为反复无常。此处暗喻李老师从西安调动武汉。⑤"水云身"，佛教语，指行脚僧；身如行云流水，来去自由　无所羁绊之身。⑥"吾曹"，犹我辈；我们。清·郑板桥诗："些小吾曹州县吏，一枝一叶总关情"。⑦"红尘"，香港歌星叶倩文歌曲《潇洒走一回》："红尘啊滚滚痴痴啊情深/聚散终有时/留一半清醒留一半醉/至少梦里有你追随"。⑧"我为生活铸精神"，画家石鲁打油诗："生活为我出新意，我为生活传精神"。

答谢友人赠白糖罂荔枝

杜郎苏子荔枝馋，诗史流芳作美谈。

喝酒须凭肝胆气，读书但取杖头钱。

良方良药微微苦，佳果佳人糯糯甜。

身未动而心已远，是谁闪烁在天边？

【注释】：①此诗用韵《诗韵新编》十四寒部。②"白糖罂"，南方荔枝之早熟品种。③"杜郎苏子"，指杜牧、苏东坡。④"杖头钱"，《晋书·阮修传》："常步行，以百钱挂杖头，至酒店，便独酣畅"。后以杖头钱称买酒钱。⑤"身未动而心已远"，《旅游卫视》广告词："身未动，心已远"。

题著名画家林丰俗牡丹图并赠

韩山韩水少年游，金石丹青梦寐求。

荠菜五溪高力士，牡丹七彩白馒头。

文辞应作相如赋，笔墨当随意境收。

砚海乃今生守望，岩礁不理会潮流。

【注释】：①林丰俗，著名画家，当代岭南画派代表人物之一，1939年出生于广东潮安县金石镇，现为广州美术学院教授。②"荠菜五溪高力士"，唐代高力士在湖南五溪看见荠菜没人要，就写了一首《荠菜诗》："两京作斤卖，五溪无人采。贵贱虽不同，气味故常在"。③"牡丹七彩白馒头"，明朝《分甘余话》：乡下年轻人说起某地有五色牡丹非常漂亮，问其父能否移种家中，其父反问道："牡丹五彩这么漂亮，就是不知道能不能结出馒头来？"④"笔墨当随意境收"，林丰俗老师说："不管用什么方法，要意境，不要笔墨，笔墨随意境而生"。⑤"砚海"，即砚台。《警世通言·玉堂春落难逢夫》："却说公子进了书院，清清独坐，只见满架诗书，笔山砚海"。⑥"岩礁不理会潮流"，福克纳文学翻译家李文俊说："我喜欢福克纳的落落寡合，他的矜持，他的孤独礁石般地不理会潮流"。

题赠著名漫画家方成老师

明星玲玉系同村，国父宗亲本姓孙。

漫画杂文兼小品，钟馗布袋鲁智深。

思乡常念杏仁饼，嗜酒当凭白虎樽。

世上风光皆掠影，人间最美是灵魂。

【注释】：①方成，著名漫画家，原名孙顺潮，1918年出生于北京，童年回居祖籍广东中山市左步村，距孙中山故居翠亨村约8公里，电影明星阮玲玉系其同乡。②本诗用韵《诗韵新编》十五痕部。③"玲玉"，即电影明星阮玲玉，中国电影默片时代（1920—1930年代）最著名女明星之一。④"布袋"，即布袋和尚。⑤"白虎樽"，古代用以奖劝直言者的一种盖上有白虎图像的酒器。

题赠书法家张清坚老师

文江学海德为邻，源远流长邹鲁滨。

百载修身佛儒道，两王书法精气神。

临池那计冬和夏，授业何辞苦与辛。

无欲无求无世累，自书自乐自由人。

【注释】：①张清坚，书法家，1933年出生于广东澄海。一生教书育人，醉心于临池书法。著名画家鲁慕迅先生称其书作"功力深厚，笔法严谨，格调不俗"。②"邹鲁滨"，即海滨邹鲁，邹鲁是对文化昌盛之地的代指，海滨邹鲁指潮汕地区。宋·陈尧佐《送王生及第归潮阳》："休嗟城邑住天荒，已得仙枝耀故乡。从此方舆载人物，海滨邹鲁是潮阳"。③"佛儒道"，佛家的生死轮回、儒家的仁义道德、道家的天地人和等构成中国圣人的最高思想境界。④"自书自乐"，画家鲁慕迅老师曾问张清坚老师，你的佳作在市肆间是否有售卖？张清坚老师轻笑答道："我的作品从不入市，也从不参赛竞奖，仅是自书自乐而已。"

游成都杜甫草堂

依旧青春老粉丝，浣花溪畔我来思。

空怀治国安民梦，却吐惊天动地诗。

茅屋当年愁夜雨，草堂今日换新姿。

文章贬值房价涨，圣迹忧心作地皮。

【注释】：①吾尝两游成都杜甫草堂，似有诗思，惜诗人何其芳题诗在前，遂有"眼前有景道不得，崔灏题诗在上头"之叹也。何其芳《杜甫草堂》："文惊海内千秋事，家住成都万里桥。山水无灵助啸咏，疮痍满目入歌谣。当年草屋愁风雨，今日花溪不寂寥。三月海棠如待我，枝头红艳不胜娇"。②"粉丝"，是英语"Fans"的音译，狂热、热爱之意，原引申为影迷、追星等意思，后来许多年轻人对"粉丝"这个新词爱不释手，迅速传播成为时尚的代名词。③"我来思"，《诗经》："昔我往矣，杨柳依依。今我来思，雨雪霏霏"。④"地皮"，指可供开发利用的建筑地段或场地，是土地使用中的一种通俗用语。"炒地皮"是当今地产开发商的投机行为；另外，"炒地皮"也是流行的4人扑克牌游戏。

端午节感怀

面朝大海海天舒，鸥鹭翩翩日月浮。

怀恋小资冬妮娅，神崇右派聂绀弩。

身无烦务何妨酒，卡有余钱好买书。

从此江山如幸幸，应无豪杰作亡徒。

【注释】：①本诗用韵《诗韵新编》十姑部，查"弩"字未入本编。②"面朝大海"，海子诗："面朝大海，春暖花开"。③"小资"，九十年代开始在中国大陆流行的名词，原本为"小资产阶级"的简称，特指向往西方生活方式，追求内心体验、物质和精神享受的年轻人。④"冬妮娅"，前苏联小说《钢铁是怎样炼成的》主人翁保尔·柯察金少年时期的恋人，近年网上流传散文《怀念冬妮娅》。⑤"右派"，一般指1957年"反右运动"中被错划的知识分子、爱国民主人士和少数党员干部，人数约55万人。⑥"聂绀弩"，1903年出生于湖北京山，新中国著名诗人、散文家，周恩来戏语为中国"20世纪最大的自由主义者"。⑦"亡徒"，中国古代伟大的爱国诗人屈原曾被放逐流亡沅水、湘江流域，故以亡徒称之。

海上世界吟醉诗

诗仙太白错生时，未至明华吟醉诗。

谢公木屐遍四海，九泉梦醒犹惊奇。

海上明珠确太俗，凌波仙子尚可喻。

东海为之倾尽色，南山相形成白痴。

暮听潮水月上来，朝看东海出红日。

龙王邀我闲把酒，横槊赋诗正适宜。

摆美宴，约嫦娥，设舞会，美人鱼。

河汉冷清无此乐，人间仙桃甜胜蜜。

七仙姑，观音姨，下凡尘，莫迟疑。

白灼沙虾姜葱蚝，清蒸螃蟹青岛啤。

幸运城内砖引玉，英式酒吧白兰地。

迪斯科，霹雳舞，外汇券，人民币。

歌舞升平开放日，峥嵘边陲出奇迹。

【注释】①"谢公"，即晋朝旅游家、文学家谢灵运。②"横槊赋诗"，指能文能武的英雄豪迈气概，苏轼（宋）《前赤壁赋》称曹操"酾酒临江，横槊赋诗，固一世之雄也。"③"砖引玉"，即抛砖引玉，当时海上世界上的游戏项目。④"霹雳舞"，八十年代起源于美国，流行于粤港澳的舞种，发展成为后来的街舞。⑤"外汇券"，俗称"外汇兑换券"，1980年4月1日至1995年1月1日在中华人民共和国境内流通、特定场合使用，面额与人民币等值的一种特定货币，用外汇在中国银行进行兑换。⑥"海上世界"，为蛇口工业区著名风景点，此诗作于1984年冬。

北京大学感怀

未名湖畔百花鲜，红似骄阳绿似烟。

鱼石临湖镜中镜，博雅倒影天外天。

花神浪漫追思绪，三角纷纭忆少年。

石舫欢歌能误国，红楼灯火可燎原。

铁肩道义一名士，赛德昆仑两神仙。

两弹一星惊世界，神舟五号共婵娟。

书藏浩瀚传薪火，五四激情有巨篇。

庠序百年兴国运，人文荟萃聚燕园。

【注释】①诗中涉及北京大学风物有"未名湖、石鱼、临湖轩、博雅塔、花神庙、三角地、红楼、燕园"等。②未名湖石舫遗迹相传为清朝大贪官和珅仿圆明园皇家园林所建，故有"石舫欢歌能误国"句。③李大钊有名联"铁肩担道义，妙手著文章"。赛先生指"科学"，德先生指"民主"。④北大获得"两弹一星功勋奖章"12人。其"运载火箭可靠性与安全性评估系统"成功地把神舟5号送上太空，受到国家航天部的表彰。⑤此诗合用平水韵"上平声十三元"、"下平声一先"等两部。⑥本诗原载2004年3月25日《北京大学校报》。

144

怀念父亲

【题记】：2007年4月14日凌晨，父亲的心脏停止了跳动！1925年，父亲出生在泰国湄公河畔，为传宗接代继承香火，祖父竟瞒着祖母，把童年的父亲和二叔，托乡亲带回中国。遵行父命，七岁的父亲牵着五岁的二叔，三步一回头，坐船从泰国转辗回到潮汕故乡。膝下一对爱子突然离别，泰籍祖母悲痛欲绝，祖父也郁郁而终，英年早逝于异国他乡。生离死别七十多年，2004年的秋天，父亲终于有机会重返出生之地——湄公河畔，在生母墓前献花莫祭。人世沧桑，无限感慨。而眨眼的工夫，父亲和二叔都走完他们辛劳的一生。父亲的突然离世，使我在这个世界上，少了一份牵挂，多了一份思念。

湄公河畔月光光，阿爸出生在佛堂。

膝下依偎多幸福，船头哭别太凄凉。

呼天喊地俱不应，顿足捶胸欲断肠。

天苍苍，海茫茫，何日见我爹和娘。

弟哭兄泣饥鼠夜，母怜父爱隔重洋。

缺衣少食劳筋骨，育女养男耐饥寒。

四季耕耘田地阔，一担农具风雨行。

皈依基督开神智，笃信耶稣得健康。

劳碌一生心性善，繁衍百代子孙昌。

三抔乡土埋忠厚，千载清明慰善良。

造句遣词何堪记，含辛茹苦岂敢忘。

如今思念音容貌，往事长怀忆故乡。

【注释】本诗作于2008年清明节。

题首届青海湖国际诗歌节

布哈河畔草青青，圣水灵湖日月山。

壮丽河山高峻地，幽咽羌笛古雄关。

天青日紫金瓦寺，云雪月霜白旃檀。

白度母祥云笼罩，宗喀巴法脉华端。

格萨尔丰碑斗魁，金羚羊首奖胡安。

泱泱诗国传薪火，猎猎西风起圣幡。

鸥鹭雁鹅惊水浪，高朋韵士耀吟坛。

文章锦绣群贤聚，青海宣言振宙寰。

【注释】①"金瓦寺"，青海塔尔寺的护法神殿。②"白旃

147

檀"，相传宗喀巴大师出世时，在其母亲剪断脐带滴血的土地上，长出了一棵白旃檀树。③"白度母"，藏音译卓玛嘎尔姆，亦称"救度母"，"长寿三尊"之一。④"宗喀巴"，藏传佛教格鲁派创立者，一世达赖、班禅的上师。⑤"格萨尔"，即青藏千年史诗《格萨尔王》。⑥"胡安"，即阿根廷诗人胡安·赫尔曼，获首届"金藏羚羊国际诗歌奖"。⑦"青海宣言"，2007年8月7日至10日，在青海省举行的"首届青海湖国际诗歌节"上，各国诗人签署由中国著名诗人吉狄马加起草的《青海湖诗歌宣言》。

回忆七十年代

牛鬼蛇神纸帽行，共产主义路光明。

敲锣打鼓三句半，忆苦思甜五好生。

美帝苏修皆纸虎，林彪孔子是畜牲？

和平演变甭理会，师道尊严要斗争。

知识青年老三届，英雄白卷张铁生。

举旗农业学大寨，欢呼工业学大庆。

镇压地富反坏右，颂扬工农商学兵。

离心离德燃萁豆，亦步亦趋盗世名。

祸国殃民江四害，改革开放邓小平。

荒唐岁月惊回首，时代车轮滚滚行。

【注释】①"牛鬼蛇神"，牛头的鬼，蛇身的神，原形容虚幻怪诞，后比喻社会上形形色色的坏人，"文革"时为"地、富、反、坏、右"的代称。唐李贺《李贺集序》："鲸吸鳌掷，牛鬼蛇神，不足为其虚荒诞幻也。"②"三句半"，是一种中国民间群众传统曲艺表演形式。每段内容有三长句一半句。一般由四人演出，三人说三长句，最后一人只说简短两个字的半句，故称"三句半"。三句半一般押韵、同调，诙谐搞笑，是群众喜闻乐见的说唱曲艺，也是"文革"时期流行的宣传形式。③"老三届"，1966年初夏，"文化大革命"开始时在校的高中、初中的三届学生，这批人停课后基本上都当了上山下乡知识青年。④"张铁生"，1973年辽宁考生张铁生在大学招生文化考试中交了"白卷"，却在试卷背后写了一封为自己成绩低劣辩护的信。此人竟被江青等人称作"反对资产阶级教育路线回潮"的"反潮流英雄"，也称"白卷英雄"。1976年"四人帮"被捕后，张也被判处有期徒刑18年。⑤"江四害"，即江青、张春桥、姚文元、王洪文"四人帮"。

夏日周末

夕阳躺到山的海的摇篮里

月亮闪在你的我的眼睛里

咸乎乎的海风傻乎乎的夏日

拥抱低语手拉手爬微波山去

都说这里是浪漫的蛇口情人区

鬼知道这树林这草丛伏几对情人哩

山盟海誓互相猜疑都是庸俗的东西

不怕草虫不怕毒蛇要死就死在一起

垫着草被两颗心两只眼两点萤火虫

厚的嘴唇薄的嘴唇粘贴在一起啦

什么纯洁呀神圣呀坚贞呀只配留在小说里

发烫发热发亮的东西是不用语言表达的

151

星星比月亮大却又比月亮小

谁明白这是些什么鬼道理

瞧这海湾一夜的灯火一夜的美梦

说不定海龙王想摆宴席想招女婿呢

不要将过去的荒芜同现在的繁华比

有种的就跟对岸比跟东京比跟华盛顿比

海上世界这个老船长强饰成美人鱼了

南海酒店却红装素裹花枝招展娇娇滴滴

谈一夜谈不完干脆在这里发一个梦

合同工临时工季度工轮换工不用区分

大家有爱有恨有喜怒有哀乐

人人有脑袋有手脚不用问达尔文

铁饭碗 银饭碗 金饭碗

光一个饭碗没有鱼肉米饭谁会稀奇

成功靠一双手吃饭靠一双手

老板你不顺眼要"炒鱿鱼"我不怕你

时间金钱效率生命暂且挂出阳台去

你我他喝啤酒谈恋爱看电视各求所需

谈工资谈房租谈发财谈人民币贬值

笑够闹够放松精神积蓄力气

流了六天汗翻了六下台历

翻来了文化沙龙新闻公布自由选举

都说来这里的人野心勃勃不可终日

原来只图上帝造完天地日月后的休息

周末踏着浪潮旋着身子向我们滚来

周末唱着明天会更好向明天走去

周末属于你属于我属于大家属于DISCO

周末属于啤酒属于爱情属于《阿信的故事》

【注释】此诗载于1987年1月诗刊社《未名诗人》、2000年《特区文学》第四期。

惊蛰夜

看哪！

是谁在天穹的裂缝里

发出最后的呐喊

亮晃晃的雨丝

跳跃着被爱着的激动

痛苦的日子

潜行得快要不留一丝痕迹了

快乐的时刻

如春雷向我滚来

选票上的太阳

【题记】：1987年6月的一天，蛇口工业区改组管委会，差额民主选举董事会，填票说明，请在你同意候选人当选的名字下方打一个O号。

"O"

抽象

　　简单

简单

　　抽象

"O"

是表示集合的图示法

是$X^2+Y^2=R^2$的轨迹

是国际音标OU的字母

是特殊的有理数

是语气停顿的符号

是3.1415926的祖冲之

是白卷英雄的"桂冠"

是线性规划的初始条件

是逻辑学的不相容概念

是情人眼睛里的月亮

是毕达哥拉斯的美的形状

是零

是虚无

是充实

是圆满

"0"

在选票上

是太阳

【注释】此诗载于《华夏诗报》第62期、《诗刊》2002年8月下半月刊。

失踪的孩子
——由赤湾陆秀夫负宋少帝殉海像联想的童话

这个孩子失踪了

大人们议论了几个世纪

草蟒的血流成了伶仃洋

孩子的衣服寄存在海岸上

善良的人们苦苦地等待着他

机灵小和尚等待着他

IQ博士等待着他

圣诞老人等待着他

幼儿园的阿姨等待着他

忍忍忍忍忍忍忍……变啊!

这孩子怎么不回家?

终于有一天

人们找到这孩子啦!

他哭不出声音流不出眼泪

却伏在壮士肩上化成了石头

多可怜的孩子

【注释】此诗载于1991年4月1日《蛇口消息报》。

题林则徐铜像

僵直地挺立

冷望着赤色的海

水鸥啄碎白白的浪花

背弃红日喷薄的方向

牛号角沉重如铅

再也举不起来

扒开迷离海雾

黄金海岸玫瑰卫星城

浮现BP石油基地GFG厂房

你饮满希冀的铜眼

惊喜而又彷徨

山腰飞来一群红领巾

小脑袋费解你课本里的故事

突然他们发现了新大陆

"嗨!他有一条大辫子!"

太阳雨穿心透骨

多想抽一口Marlboro

长辫湿漉漉

扔也扔不掉

动人的故事已经腐烂

历史是那幸存的古董

需要重新拍卖了

【注释】此诗载于1987年《韩江》杂志第四期。"GFG",当年
广东最大的中外合资企业——广东浮法玻璃厂。

仙人掌

呼喊着苍茫的蔚蓝

你高举叛逆者鲜明的旗帜

在风暴不断淫威的领域

播种下簇簇带刺的沉默

充满童话，缺乏温柔

你抗拒太阳鸟的诱惑

在一片大海的喝彩声中

给迷航折樯的逃难者

启示生命存在的价值

【注释】此诗载于《华夏诗报》第62期。

小提琴独奏者

你潇洒的弓弦

抖落漫天星辰

冰川轰然倒塌

生命昙花一现

鞠躬，向着十字架和爱情

鞠躬，向着善恶混杂的海洋

鞠躬，向着生命的幻影

一串豆芽音符骤然断裂

重新组合了四对眼睛

【注释】此诗载于《华夏诗报》第62期。

狼性

一把老套筒瞄准

两只不同性别的饿狼

等距对峙一堆肥肉一滩鲜血

四只兽眼喷射出欲火

很多世纪了始终没有动静

狼们互相问候说饿吗

狼们互相安慰说不饿

太阳和月亮你追我赶

奔涌的时光凝固冷却了

狼的生理机能逐渐虚弱

后来狼很悲壮地死了

老猎人拾得两张狼皮

顺便将这个故事扛回去逗孙子

信仰

一群逐日迷途的孩子
发现记错了回归的路径
便声称宁愿不要记忆

宁愿信任温暖的太阳
也不信任自己
结果都跳进了
太阳坠落的地方
——大海

【注释】此诗载于1992年5月11日《蛇口消息报》。

疯狗

银闪闪的鸽哨消失了

那天你发现满天鲜血

便歇斯底里地呐喊

你精湛的表达

竟没人能够破译

你急得眼珠掉到地上

人们却远远地躲你

啐你是一条疯狗

你开始惬意地流浪

阳光正晒着发霉的日子

街头你给过路人摇尾巴舔皮鞋

一个阔佬蹬了你一脚

慷慨地赏你一串人肉沙爹

一个赤足孩子远远地凶凶地盯着你

你咂咂地咀嚼

(真想告诉那孩子)

肉——味——很——香

夜归

五十四张纸牌
叩响螺旋的空间

拧开自我的世界
摸亮一片漆黑

披着一个冰冷的冬天
钻进月亮温柔的梦乡

潮州掠影

开元寺

木鱼傻笑偷懒的小和尚

牛仔裤给柔姿裙照相

西湖

新娘从远方嫁来

带着一面梳妆的镜子

照见凤城千家万户

湘子桥

铁牛留恋泥土的鼻息

却厌倦缺乏乐感的鞭声

涨满希冀的瞳孔

渴望大海的洗礼

船员·月亮

船员拥有两个月亮

一轮在波浪里

一轮在蓝天上

（波浪里依依的是妻子

蓝天上闪闪的是儿子）

一轮托着醉晃晃的船

一轮指明生命的航向

【注释】此诗载于2000年《特区文学》第四期。

画像游戏

一张白纸挡住你的眼睛
另一张白纸挡住我的眼睛

我们都是白日的瞎子
掌声在哈哈地笑我们

想透明早就想得发疯了
偏偏没有豹胆挖破薄薄的一层纸

一张白纸，没有负担
好写最新最美的文字
好画最新最美的图画

彼此捉摸形象天真地划着

鬼知道会划出个猴头马脸面目狰狞

遗憾深深地埋葬了心愿

我们却捧腹笑出了泪泉

【注释】此诗载于1991年8月12日《蛇口消息报》。

圣诞节寄怀

你没有说什么但你自信

你说你已经不是孩子了

可惜你没有机会 永远

只对着大海咬牙切齿

捏烂一颗颗梦的红葡萄

背弃一书包沉甸甸的琼瑶

你收回押给生活的全盘赌注

然后端详着啤酒杯冷冷地笑

如今薄薄的纸片载动着许多忧愁

火热的问候寄自温馨的梦遥

满天喜悦Santa Claus拍着红帽笑

红孩子已在彼岸露出了骄傲

中秋纪实

伸手

拧一下明月

抿口味美思

皮笑肉不笑

月已非去年月

我却是去年我

记忆生锈了

美丽拖着一匹黑猫

乱窜乱跳

香烟缭绕

月娘也抽555

七星伴月柚子芭蕉

祈愿的生长期很长

玫瑰园新居

纸炮惶惶地炸响

月魂震荡

耳膜长满青苔

温柔灌不进去

家信火热火热

烫熟两颗心

尼龙躺椅

无花阳台

海风挺写意

甜夜

上帝的明眸

嫉妒地盯着

杯盘狼藉

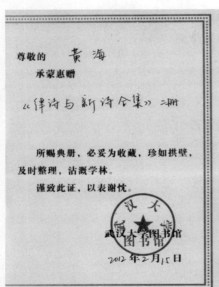

收。

情人节

把日子串起来

会是你颈上的明珠吗

把记忆串起来

会是我诗集里的故事吗

把你我串起来

会是一个幸福的分子吗

2月14日

红玫香槟的颜色

早已告诉了我们

【注释】此诗载于1991年1月16日《深圳交通》杂志。

永远飘泊

握住单程机票

你终于踏上了

义无反顾的旅程

摆脱畸形的摇篮

挣破那顶无形的网

反叛祖先非人的铸造

你不无凄楚地说

我没有故乡

太阳他也没有故乡

曾经荣耀出土已久的甲骨文字

唱遥远的东方有一条龙

曾经点横竖撇捺

纤夫"之乎者也"

当你从瞌睡中醒来

猛然发现中国的船没有了风帆

中国的海是干涸了的四大发明

前路漫漫，思绪漫漫

抑或我们没有义务非做龙的传人不可

抑或我们应该潇洒而有个性

抑或我们没有其他选择

活得像个人

你就要告别生于斯长于斯

为着独自的信念独自的目的

生命没有极限

永远飘泊

地球就是我们的家

那晚是你说要走了

走得老远却没有目的地

不同的语言，相同的鸟声

你咬咬牙说，不一定

不一定会回来

只要喜怒哀乐能够尽情表达

地球就是我们的家

那天你真的走了

不露痕迹，一声不响

你誓言说就不给你写信

从此后你在地球南端

以赤道为刀剑

斩断幸存的缠绵

你的眼罩紧闭，拒绝我的形象

你的思念挂满一树幻影

只要撒旦的谎言不灵验

地球就是我们的家

在陌生的国度

鬼佬很多，三点式很多

啤酒浸泡所有的生活

摇滚乐摇出同性恋和艾滋病

你听不见母亲的声音

你希望自己是狼孩是Kangaroo

从森林里来，没有记忆

你力图忘记你的母语

和你象形文字的思维

但你不能，你搔首沉思

痛苦而又矛盾

只要我们是人类的一部份

地球就是我们的家

不要扪心自问为什么

不要赋予行为理想化

不要背沉重的包袱远行

只要有一片天空

就要长出一片叶子

地球也就是我们的家了

【注释】此诗载于1992年7月20日《宝安青年》杂志。Kangaroo
（袋鼠）。

你是我的中秋

我不是完美主义者

要等到"海上生明月"时

才给你写诗

在"才下眉头却上心头"的煎熬里

日日夜夜你都是我的唐诗宋词!

我不是形式主义者

要等到月圆时才思念你

在你离开我的日子里

每时每刻你都是我的中秋!

心距

那晚你说要考一考我

距离最远的是什么？

距离最近的又是什么？

我卖弄学问回答说

距离最远的是银河

从银河这边到银河那边

相距数十万光年

距离最近的是直角坐标上

两个完全重叠的函数点

你狡黠地嬉笑

并伸手捏住我的鼻子

——傻瓜！

距离最远的是心距

距离最近的也是心距呀!

【注释】此诗载于1999年《特区文学》第三期。

致雪莲

你是北方的雪莲

却长在我温暖的心坎上

我的感触不是寒冷

而是阳光灿烂

南方不是雪莲的故乡

你的冰肌也许会颤抖消溶

然而你说这就叫做牺牲

我仰望深不可测的星空

感觉到摇晃着前进的月亮

也爱意缤纷

【注释】此诗载于2000年《特区文学》第四期。

梦回故乡之路

不要朝故乡的方向张望

故乡已日渐辽远陌生

不要将故乡的传说收藏

那些捉襟见肘的情节

再也感觉不到多少新鲜

但故乡呵!

你仍像一颗燃烧的流星

刻骨铭心地击中我

我的头脑骤然爆炸

恐龙悲壮地绝迹

哦哦! 没有退路

我已找不到故乡的归程

哦哦! 不要回头

故乡就在前方

没有故乡，梦回故乡

当我背负着大包小包的思念

突然出现在你的面前

故乡，不要用奇异的眼光打量我

我是你流浪暂归的孩子

不是你凯旋而归的英雄

【注释】此诗载于2000年《诗刊》第12期。

童话老人国

遥远的东方有一个老人国

哪里的老人们主宰着一切

他们膜拜祖宗的木乃伊

说：过去的日子璀璨如血

子孙们不敢抬头

子孙们雄不起来

子孙们一代代阳痿下去

老人们荒淫无度

老人们占着茅坑不拉屎

老人们合法强奸少女

老人们说

"我们的性欲才是人类的性欲"

终于有一天

一群不安分守己的年青人

他们站起来质问老人们

"我们也是人吗？"

老人们惊恐地回答

"不！不！你们不是人

你们是造粪机器

你们是被奴役了的工具"

尽管老人们矢口否认年青人是人

但年青人更加感觉到

自己是人

感觉到人的痛苦和愤怒

老人们有杀人的刀子

并且有善良的借口

年青人

你们怕吗？！

三毛三毛我们去流浪

三毛，你的笑容是火

抚摸着你的笑容

就有被燃烧的感觉

你的目光是水

进入你的目光

就有被淹没的危险

哦哦！三毛

你的褴褛竟是如此瑰丽

你的终结竟是如此璀璨

三毛，我收不回对你的膜拜

然后唱你的《橄榄树》

然后告别家乡告别爹娘

然后到处打工流浪

哦哦！三毛

流浪实在有太多太多的苦难

当我意志消沉之时

就想你义无反顾的身影

就想梦里你对我的呼唤

燕子燕子你们来作证

三毛三毛我们去流浪

工程师和他的妻子

你看，他是在跟谁Kiss

哦!原来是一尊建筑模

妻子切菜的刀顿然停住

装作生气，嘴唇鼓鼓

这下我们的工程师可着了慌

赶忙奔过去捧起妻子的脸膛

"你……怎么了?你……

哈哈! 让我也给你一个Kiss吧

正像我们初恋时在树林里一样!"

【注释】此诗作于1982年2月25日招商局蛇口工业区。

试管婴儿

曾几何时

人类想在试管里

创造人类

人类认识了DNA

认识了染色体

人类认识了生息繁衍规律

决心要战胜自然

超越自己

人类把劳作的学问叫做经济

而经济有许多儿子

自然经济、商品经济

计划经济、市场经济

还有一个新生儿

奶名叫试管婴儿

正名叫特区经济

中国的试管婴儿十岁了

其足音震天动地

世界刚刚从冷战中醒来

便争先传阅她的名字

感叹她的能量和吸引力

在地球的东半球

试管婴儿将建立起一座现代神话

她告诉世界上所有的人

中国人有志气有能力

试管婴儿并不孤独

她拥有十多亿姐妹兄弟

她将一日千里

宣告中华民族新的崛起

题蛇口女娲补天塑像

挺举岩石般的传说

凝望北极臭氧层的洞穿

你觉得太沉太累

你是纤纤女子

只向往作优雅的飞天

历史无声

滑过时光斑驳的长廊

刽子手的狰狞和就义者的悲壮

令山川动容，地裂天崩

人类的血雨腥风，证明了许多

造物者也赎不回的遗憾

潮起潮落，大浪淘沙

新的浪潮正鼓动着新的背叛

而你，早已厌倦这永恒的挺立

当老船长在岸边打瞌睡

红男绿女在你身旁喧闹留影

卡拉OK和比坚尼

散发出国际都市的魅力

你仙境思归

以处子的信念和忧伤

寻觅顶天立地的男子汉

【注释】此诗载于载1990年8月13日《蛇口消息报》。

深圳拓荒牛速写

你浑身充满爆炸的力

力的扩张　力的凝聚

你有骆驼的忍耐

骏马的雄姿

你有灵犀的触角

猛虎的斗志

【注释】此诗载于1990年第九期《特区党的生活》、1991年12月29日《深圳特区报》。

生命的主题词
——献给勇士陈为炽

【题记】：陈为炽同志是深圳特区蛇口保安队小队长，1991年
4月15日在与凶徒的搏斗中不幸英勇牺牲，队员们在他的口袋里
搜出一份沾满鲜血的"如何当好小队长"的材料和三块被鲜血
融化了的巧克力……

4月15日早晨8点零8分

异常冷酷的天空

凝固了所有鸥鸟的翅膀

你躺在病床上

静静地睡着了

你梦见自己变作一只神鹰

正依恋盘旋在深圳的上空

呵！你踏遍深圳的每一寸土地

熟悉深圳的一草一木

你怎能容忍罪恶

玷污这个美丽的地方呢

多想象往常一样

你和队员们有说有笑

夹在上班的单车河流中

奔赴各个保安岗位

但是你却长眠不醒了

那份"如何当好卫队长"的材料

和那三块被你的鲜血融化了的巧克力

榜示了你生命的主题词

那就是:尽忠职守，舍生取义

现在我们这个社会

讲究实惠的人太多了

可是他们，谁敢

用生命去承包一个死亡

用鲜血去面对凶徒的匕首呢

那个怕你纯洁的热血

弄脏他的小轿车的司机

到底是他脏?

还是你脏?

是的，你太热爱生活了

因此你现在后悔

后悔从今以后

再也不能给父母多寄一分钱了

再也不能为深圳站最后一班岗了

再也不能向你钟情的姑娘

透露你那丝苦涩的爱了

可是我是知道的呀

你的英灵

就算化作海鸥化作大鹏

也要捍卫这块土地啊

因为这块热土

洒下了你生命的最后一滴血

【注释】此诗载于1991年6月17日《蛇口消息报》。

金海岸，黑沙滩

【题记】：珠海西区开发集资口号云："今日借君一桶水，明天还君一桶油"。

怀揣借水还油的盘算

拎一双塑料凉鞋的潇洒

海，亮起一层层白色的微笑

踏着有声有色有味的脚步

手拉手向你围拢而来

海容纳了你感染了你

让你跳出个人的小圈子

让你忘记倦意心潮澎湃

海抚摸你的膝盖拥你于怀

让你的身心

水一般清净风一般透明

让你的灵与肉永远和谐

哦，金海岸，黑沙滩

请告诉我大海的内涵

海水的咸

不是美人鱼忧伤的泪

而是劳动者辛勤的汗水

【注释】此诗载于1991年《现代诗报》九月号。

东方之舟

奋力爬行了千年百年
总想摆脱那条浅浅的河
紧追进击鼓
旌旗招展成炫眼的风

海枯石烂，水滴石穿
那回荡吆喝的中国之河呵
流淌的何止是血泪与悲哀
(还有愤怒呢，欢乐呢)
屈大夫，你平直的身躯
已离骚成东方之舟了

翘起希望的龙头
东方之舟不进则退

太阳是世界的主宰

——献给我们襁褓中的孩子

阳光啧一下你的脸蛋

你的脸肌绽开两朵反应

晶莹的眼睛睁开了

不断打量这陌生的世界

孩子，不用怕

太阳是世界的主宰

你依偎月亮依偎甜美

依偎安全可靠的保护

孩子，这是短暂而又短暂的

你所面对的客观世界，将来

也许怒海会吞没船帆

也许啼哭会掩盖静夜

也许世界不如想象般美丽

但是孩子，不用怕

太阳始终是世界的主宰

尽管你不理解骨肉亲情

不理解牵肠挂肚的离别滋味

从你简单的思维里

感受不到远方的思念

但从你咿咿呀呀的学语中

已能感觉到爸爸妈妈的音韵

孩子，迟早我要告诉你

太阳永远是世界的主宰

殡仪馆随笔

肃立在安息者面前

脑子里是一格格灰白的空间

幽怨的哀乐似水

淹没尘世一切的欲念

没有海鸥、白帆、鱼虾和大白鲨

只有我们光洁的胴体浮动在水面

死者是一面褪色的古铜镜

照不见生者真实的新鲜

死亡和生命默默对视

然后挥泪暂别，情意缠绵

一阵活生生的风吹醒了我们

我们重又游入充满竞争的大自然

桂林春耕图

一双双亲近泥土的手

向左插一行希望

向右插一行希望

老水牛耕一幕烟雨

布谷鸟唱遍每一村每一户

层层叠叠，纵纵横横

擦擦眼也就绿了

【注释】此诗载于1991年5月20日《蛇口消息报》。

漓江望夫山

岁月堆积成山

阻挡寻找太阳的目光

登高而招

传说凝结为石头

并不是每一种殉情

都能描绘成动人的故事

当满江的呼唤过后

你单纯执著的姿势

深深吸引一个汉子

沉默寡言

江涛左一声右一声

倾诉你亘古不变的幽怨

期待了多少年了

江讯涨涨落落落落涨涨

日子清瘦得如同漓江

你就下山饰一个新潮的摩登吧

让人们改叫望夫山为望妻山

【注释】此诗载于1991年8月12日《蛇口消息报》。

左右脚步

一天我突发奇想

问妈妈我邯郸学步时的模样

迈出的第一步是左脚还是右脚

妈妈透过老花镜片

一针挑穿了我的心思，说

不是左脚就是右脚嘛

后来我学会了踩单车

也就无所谓左脚右脚了

只管作圆周的运动

划出两条弯弯曲曲的轨迹

再后来我学会了开汽车

四只轮子便同左同右

或左拐弯时偏左

右拐弯时偏右

当我不能踩单车又不能开汽车时

又要左右左右地走路了

蹒跚在人生的道路上

未知踏出最后的一步

是左还是右？

致泅渡者

——某诗人送我一本诗集《泅渡者》

奉读一本泅渡者的纯净

它虽比不上滞销的商品

却是诗人最珍贵的馈赠

我是长江

长江是什么

是一种古远

是一种壮阔

是一种力的追寻

拥有一个抒情的夜

掂一根劣等烟

喷出一串相同的感触

贫穷是诗人

富足也是诗人!

船员与海

领到海员证那天
你的命运就属于海了

海的日子没有月历
只有航标、暗礁、恶浪
只有似曾相识的海鸥
千里之外，相随相送

那天你假期届满回船
站在船舷你睁眼闭眼
都望见海岸上有红手绢
飘飘扬扬
你便害怕海怨恨海了
海呵海！

你使他得到太多

也失去太多

醉躺在甲板上

满天都是

摇摇晃晃的海星星

你长长地舒了一口气

为着她过上好日子

这辈子注定离不开海了

【注释】此诗载于《深圳航海》杂志1991年第二期。

北京和一个诗人（组诗）

（一）北京和一个诗人

——兼怀念诗人何其芳

一枝芬芳的诗笔

描绘一个芬芳的名字

一个十八岁的诗人

恋着十八岁的北京

你好，《我的北京的夜晚》

你好，《我的北京的早晨》

如今北京仍然十八岁

诗人却归尘归土作别了故人

唯有诗人相识的大瓣花

就站在北京的肩头

作百鸟状的啼叫

迎接诗人的后来之人

北京不用挤眉弄眼

就足够让你怀念一辈子

（二）登临天安门城楼挥一挥手

十块钱买张门票

就能登临天安门城楼

面向人群嘈杂的天安门广场

就着迷茫的空气平凡的阳光

挥一挥我的右手

没有旌旗招展一呼百应

却有一份意想不到的满足感

所谓巨人的挥手

原来就是这么简单

（三）凭吊圆明园遗址

这个伤口

烙得炎黄子孙好痛

相机举起又放下

生怕这残圩断墙

刺激我们的一生

为中国不再有新的伤口

我们应该如何奋斗

（四）长安街是一条河

合欢树伸出绿色的小手

想触摸这明净的天空呵

长安街

花朵一样的街灯

街灯一样的花朵

极目苍宇，俯首城廓

车水马龙是奔流不息的河

从周口店趟过来的巨人

正在摸着石头过河

河那边的世界

会是一种什么样的生活？

【注释】此诗载于1999年《中国诗人通信》第五期。

大连印象

冬季的大连

竟然没有风雪

是她

不忍心给我

冰冷的面孔吗

大连是座英雄的城市

那里有猎枪和美酒

有港口开发区和国际服装节

那里有篮球大腕和足球明星

更有震撼世界体坛的

马俊仁——马家军

留恋于大连的街头

惊奇地发现

大连红、白、黑格外分明

红的是姑娘的嘴唇

白的是姑娘的脸庞

黑的是姑娘的眼影

伫立于大连的街头

真想握住

一个陌生姑娘的手

动情地说一声

你好！大连

【注释】此诗载于1994年12月13日《开放日报》。

寻找诗歌

是漫天飞扬的白雪

是千姿百态的枝头

是山谷的轰鸣天空的雷电

是浴血的旗帜壮士的呐喊

是月下的柔情无畏的激动

不！不！这些都不是

是孤独、是寒贫、是虚荣

是嘈杂、是坎坷、是痛苦

是城市玻璃窗外疑惑向往的眼神

是千古绝唱万古呻吟

不！不！这些也都不是

爱情很古老吗

感情很泛滥吗

金钱很可爱吗

诗歌很无聊吗

爱情在哪里

诗歌在哪里

幸福在哪里

寻找爱情

就是寻找牵肠挂肚

寻找心灵的港湾

寻找失去的永恒

寻找欲说还休的悔恨

寻找诗歌

就是寻找善良

寻找正义

寻找勇敢

寻找轰轰烈烈

寻找幸福

就是寻找理想的风帆

寻找理解与支持

寻找今生今世的无悔无恨

爱情，诗歌，幸福

你们在哪里？

【注释】此诗载于1996年7月22日《南山日报》。

等待在三十四街口

出了熙熙攘攘的地铁

有卖冰淇淋的报摊

寄放单车的棚子

口号少了广告多了的街头

三十四街口

没有三十四条街

只有一个数字化的名字

一个喜欢思念的年轻人

等待在三十四街口

是渴求已久的声音

是辗转难眠的思索

是日子遥远而亲切的片段

三十四街口，三十四街口

目睹多少人间悲欢离合

而故事中的故事

情节以外的情节

是否因你的霏霏细雨而浪漫

当生活成了固定的模式

信任成了谎言的借口

当发财成了普遍的追求

奉献成了无稽取笑的对象

还需要诗歌吗

还需要爱情吗

是谁

还站立在三十四街口

等待在三十四街口

想象你风尘仆仆地出现

从街口那边向我奔跑而来

我也不顾一切向你奔跑而去

模糊了绿灯、黄灯、红灯

你我在街心相对而视

也许一辆飞快的汽车

会成全你我的壮烈

但我们还有这些冲动吗？

等待在三十四街口

等待故事的句号或延续

一个感情丰富的年轻人

等待在三十四街口

【注释】此诗载于1996年8月26日《南山日报》。

某日的思绪

在你波涛汹涌的潮汐里

有我微不足道的蝌蚪

在你阳光潇洒的瀑布里

有我疾疾低飞的蜻蜓

在你清澈宣响的怀抱中

有我奔驰的笔

和燃烧不熄的灵感

开着激昂的车子

马路响彻爱的歌声

是爱，就让她照亮苍天

是恨，就让她烧红眉眼

假如我焦渴的心湖

已蓄满生活的苦水

那么，请给我甜蜜和安慰

诗歌之树

南方的土壤北方的种子

哺育着充满生机的诗歌之树

坐在树下我给你写诗

望着挂满树梢的诗歌精灵

唐诗是写给你的浪漫

宋词是写给你的意境

元曲是写给你的委婉

新诗是写给你的激情

而被秋姑的小手摇晃着的树叶

每一片都是惠特曼式的抒情

哦！诗歌之树！诗歌之树

让我们在你的衣冠之上构筑

不能躲避人生风风雨雨的小巢

却能遥望大海喷薄的日出

【注释】此诗载于1999年《特区文学》第三期。

暴雨的颤栗

【题记】：2000年4月13日，深圳地区普降暴雨，降雨量达300～400毫米，为建国以来之最。西丽镇一建筑劳务工，其妻女3人住山沟窝棚，当夜为山洪所吞噬……

水是生命之源

在天为云

落地为雨

一夜的行雷闪电

一夜的滂沱大雨

山沟窝棚，城郊一隅

两个孩子依偎着母亲

"阿妈，阿爸呢？"

"阿爸看守工地去了"

"阿妈，阿爸建高楼

为什么我们不住高楼？"

"傻仔，高楼是城市人住的"

"但高楼是阿爸建造的！"

男孩子不服气！

女人疼爱地抚摸着男孩子的头

雨声淹没她轻轻的叹息

而此时，山洪正张开血盆大口……

清晨，归家的山鹰

找不到温暖的小巢

一个男人

在大雨中嚎叫

他时而顿足捶胸

时而仰天狂笑

他分明看见

大雨滔滔

他的女人和孩子

正住在摩天高楼

【注释】此诗作于2000年4月18日深夜深圳。

鲜花上升十八楼

一怀抱鲜花

乘电梯

从一楼上升

上升到十八楼

花们保持不变的笑容

十指纤纤的笑容

异样的眼光

飘飘欲仙的香气

鲜花兹因不同的出身

扮演不同的角色

只是少了泥土的气息

和村姑的羞涩

现在花们拥抱在一起

展示某种热情

花香在上升、上升

像一朵蘑菇云在上升

有九百九十九朵吗?

送花人说:

对不起,到了十八楼

【注释】此诗载于《特区文学》2001年第三期。

追寻

鱼翔浅底

江河 大海 湖泊

它苦苦追寻

水的声音

水的颜色

水的真谛

它追寻了一辈子

它死不瞑目

它说：水在哪里呀！

鹰击长空

日月星辰与它为伴

风雷雨电为它壮行

云霞虹雾为它锦绣

它展翅翱翔了一辈子

追寻到的只是

大地上的自我投影

（飞鱼的精魂）：

假如我是雄鹰

我就能背负青天

追　寻

江河　大海　湖泊

（雄鹰的精魂）：

假如我是飞鱼

我就能跃出水面

追　寻

蓝天日月星辰

【注释】此诗载于《特区文学》2001年第三期。

240

女妖诞辰

歌声赞美之词

一排排地升起

黑暗泛起柔光

金环蛇银环蛇

曲曲折折地扭动

在那神神秘秘的地方

自作多情的灵类

左右逢源的精英

夜莺以纤纤十指之舞

引海鸥绕场而翻飞

投我以眼神兮

报之以慷慨兮

投我以青春兮

报之以身外之物兮

匪报也舞蹈舞蹈

赞美造物者!

赞美柔美者!

赞美寂寞者!

鹿回头奇思妙想

地老的年代

天荒的岁月

你徜徉于山水之间

饥餐嫩草树叶

渴饮甘露清泉

没有爱没有恨

没有恩没有怨

翘首天空

那是一片惬意的星空呵！

天地悠悠

曾几何时

火把、螺号、吠声

把你从梦境中惊醒

你拔腿狂奔

跨山涉水

可是到了陆地的尽头

到了海角天涯

还是摆脱不了

那凶狠的猎人的追杀

哦！聪明的妖鹿

为逃避猎人的杀戮

竟演绎了一出

人和动物的爱情故事

当猎人执著的箭镞

和你慑人魂魄的回眸

成了第三产业的开发资源

当物欲和情感如洪水般泛滥

我多么渴望

回头的小鹿

依然是一只美丽的小鹿呵!

【注释】此诗载于《特区文学》2002年第一期。

醉汉与母猪

一、醉汉狂歌

说:曹孟德横槊赋诗解愁杜康

道:陶靖节金菊佐酒又重阳

唱:王翰拙抱琵琶醉卧沙场

叹:李太白千古寂寞万世绝唱

海王金樽+ H_2O +乙醇

乙醇+乙醇+杜康+杜康

老和尚江边打坐数船船

小牧童打闹小山岗

师傅呀,数了多少只船船?

两只船呀,两只船!

一只叫"名"，一只叫"利"啊！

妙啊！妙！真有你的，干！

干！干！干！干！干！干！

海王金樽+乙醇+乙醇

乙醇+乙醇+杜康+杜康

过去想吃喝没有机会

现在有了吃喝嫌那个太累

放眼世界看那个未来

吃喝嫖赌第三梯队

妙啊妙！干！干！干！

二、母猪自嘲

咱们是猪、猪、猪、猪

咱们饱食终日无所事事

咱们任人宰割任人凌辱

就连咱家英明神武的老祖宗猪八戒

西天取经，历尽艰难险阻

却成了人们取笑的对象

笨拙是咱们的代名词

咱吃的是残渣剩饭

却与世无争，长膘肥壮

蚊虫鼠辈徒奈我何呀!

咱皮实肉厚，满身脂肪

三、与猪共眠

头重脚轻分不出夜的深浅

母猪一家的酣睡梦幻一般吸引

醉汉摇摇晃晃误入猪圈

与猪共眠

躺在母猪充满慈爱的怀抱

醉汉梦忆母亲和童年的美好

模模糊糊间头颅欲裂口渴难耐

朦朦胧胧间嘴巴叼住了母猪的奶头

一束遗忘的刺激味道

直注醉汉的咽喉

*丝丝*的酸、*丝丝*的甜、*丝丝*的咸

还有*丝丝*的腥和膻

醉汉刹那间轻轻飘飘、晕晕眩眩

母猪说：可怜的人啊！

好好地吮乳吧，忘掉你的忧伤与痛苦

天亮了

邻居发现猪圈里多了一头猪

天鹅兰仙子

仿佛舞自家乡的小溪
又仿佛舞自童年青青的草地

仿佛舞自王羲之的墨池
又仿佛舞自安徒生的童话集

仿佛舞自你红色的裙裾
又仿佛舞自柴可夫斯基的舞曲

仿佛舞自阳光和叶子的光合作用
又仿佛舞自生命的基因秘密

呵！天鹅兰仙子，天鹅兰仙子
你竟然如此矜持高贵，如此脱俗美丽

你令我想起童年、溪流、阳光、鹅群、青草地
想起头戴野牡丹、手持放鹅竹竿的你

我愿是你竹竿下的一只丑小鸭
作为天鹅的形象和你站立在一起

如今骑牛背的读书郎行吟在烦嚣的都市里
唯有你多少年来一直甜蜜着诗人的梦忆

香格里拉印象

一、藏歌之恋

香格里拉是我的故乡

香格里拉是尼玛的故乡

香格里拉是白度母的故乡

香格里拉更是雄鹰的故乡

嗬嘛哩玛尼訇!

嗬嘛哩玛尼訇!

香格里拉是太阳的故乡

香格里拉是月亮的故乡

香格里拉是星星的故乡

香格里拉是鲜花的故乡

嗬嘛哩玛尼訇!

高原之上是强巴肥壮的牛羊

高原之下是日夜奔流的金沙江

哦！远方尊贵的客人

待客的炭火已烧得火势兴旺

敬上一杯青稞酒祝你神清气爽

奉上一碗牦牛奶祝你幸福美满

端上一只烤全羊祝你心宽体胖

送上一条洁白的哈达

祝你的眼睛海子一样明亮

呵！遥远的风伸出透明温柔之手

拨动碧塔海原始森林的琴弦

奏起一曲天籁和声

高原、森林、雪山、湖泊、阳光

深情、远古、空旷、宏大、豪爽

哦！引吭高歌的康巴汉子

你是高原自由的歌手

香格里拉是你灵魂的天堂

哦！香格里拉，醉心的家乡

扎西德勒，扎西德勒

兄弟祝你如意吉祥

嗬嘛哩玛尼訇！

嗬嘛哩玛尼訇！

嗬嘛哩玛尼訇！

二、白色之恋

登上了天界神川，我敢说

我的生命从此归属于白色

哈巴雪山挺拔孤傲的白色

虎跳峡狂涛怒卷惊心动魄的白色

白水台玉镜银屏神秘莫测的白色

碧塔海倒映浮云祥和宁静的白色

纳帕草原绵羊簇簇饱满生动的白色

尼玛烧制的牦牛奶浓香醉心的白色

经幡虔诚肃穆飘飘扬扬的白色

哈达吉祥如意的白色

阳光那充满灵性的白色

呵！白色！无色之色！

完美之色，纯洁之色！

呵！香格里拉的白色

是"赤橙黄绿青蓝紫"最完美的组合

是七色光谱七彩天虹最和谐的形式

呵！神秘米亚罗的白色

是我"知黑守白"灵魂之都的白色！

【注释】①2002年10月12日稿于云南中甸。②"荷嘛哩玛尼訇",经幡上的藏语,意为天神保佑。③"白度母",雪山之神。④"米亚罗",藏语意为浪漫。⑤此诗载于2005年10月《诗刊》下半月刊。

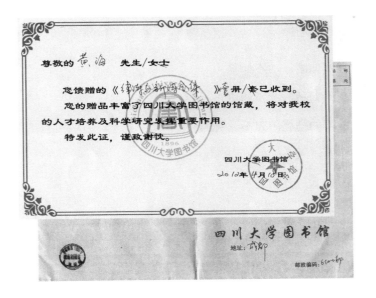

257

参观古罗马斗兽场

如果这是人和动物的公平格斗

面对饥饿到极点的猛兽

给你一把藤盾和木棍

你的双腿是否会瑟瑟发抖？

人

视不如鹰，动不如猫

飞不如鸟，游不如鱼

跑不如马鹿，力不及狮虎

然而，人

为什么是万物之主？

穿透罗马古城的残垣断墙

滴血的惨叫和动物的咆哮

还在高墙四壁萦绕回响

斯——巴——达——克——斯

"不要做奴隶，要做自由人！"

亚平宁山峰永远传颂你的英名

如果历史不相信假设

为什么社会充满偶然性

如果千万年以后

前来凭吊和观光

不是人类而是其它动物

那么，地球会是什么模样？

格林威治的时光之旅

在泰吾士河的旁边

格林威治有一条"本初子午线"

这是一条神秘之线

切西瓜似的切出两个半球

左脚是西半球

右脚是东半球

这里时区被设定为零

海盗却在这里校对时间

没有人知道

时间的本质是什么

如何准确地描述它

它不是漏滴

也不是钟摆

却与我们息息关联

抛弃时间的人，时间将抛弃他

时间产生于宇宙爆炸

时间收缩于宇宙坍塌

对于时间

我们无可奈何花落去

对于时间

我们似曾相识燕归来

时间和距离

构成生命消亡的函数线

如果允许以光速作时光之旅

空间在缩小、缩小

时间在弯曲、弯曲

让我重返过去

去修补后悔与无知

遥望浩瀚的星空

是谁发出这样的浩叹

如果没有人类

时间的意义何在？

如果没有时间

生命的意义又何在？

跟我走吧

相信翅膀对于天空

还存在着飞翔的涵义

相信理性对于自由

还存在着某种契机

相信一点点纯粹

就能燃烧血液

既然鸥鸟已站立成僵硬的岩石

大海已膨胀成一盆弱水

既然苍鹰的利喙已抵触住自己的胸膛

再生需要惊心动魄的自残

既然停不下思索的脚步

信念已消瘦成亮白的牙齿

既然海水已经漫过你的胸脯

而你的生命却属于大陆

既然没有了既然

那么

跟我走吧!

跟我走吧!

跟我到天边

不管天边在那一边

跟我到永远

不管永远有多远

跟我走吧!

跟我走吧!

【注释】此诗作于2003年12月北京大学勺园。

时间之矛，民族之盾

在好望角的岩石上

我看见大西洋了

那充满激情的大西洋

那气象万千的大西洋

乌云翻滚，白浪滔天

涛声如鼓，荡气回肠

我看见了曼德拉老爹

纳尔逊・罗利赫拉赫拉・曼德拉

就站在大西洋小小的罗班岛上

用尖镐和铁锹开采石灰石

一镐一镐，一锹一锹

一挖就是二十七年

那战胜过仇恨与苦难的尖镐

那浸透着寂寞与宽容的铁锹

被那双黝黑而正义之手紧紧地握着

理性与尊严锻造"时间之矛"

仁爱与宽容锻造"民族之盾"

浩瀚的大西洋博大而没有止境

犹如曼德拉宽大的胸膛

企鹅在款款漫步

鸥鸟在展翅翱翔

海豹在追逐惊涛骇浪

豪特湾挂起远航的船帆

大西洋，你

日夜不停地歌唱

永远的胸怀，无私的品质

朴实的作风，惊人的力量

一个囚徒成为一个总统

一个地球上最有力量的人

大西洋呵！大西洋
比你力量强大的是人格的力量
比你胸怀宽阔的是人类高尚的心灵
而你，引发我感动的
不仅仅是南非动人的故事
还有被平庸的生活所淹没的激情

【注释】此诗作于2005年8月15日南非开普顿。

快乐其实很简单

不要纠结昨日的忧伤

不要感叹生活的艰难

不要埋怨命运的多舛

不要放弃人生的希望

快乐其实很简单

快乐其实并不难

快乐是一种生活态度

快乐是一种心理修养

快乐是助人为乐的勋章

快乐是邻里友好的目光

快乐是工作顺顺利利

快乐是学习天天向上

快乐其实很简单

快乐其实并不难

快乐是和和气气

快乐是健健康康

让欢快的歌声照亮黑暗

让温暖的关爱慰藉孤单

让坚强的意志穿越苦难

让乐观的精神战胜忧伤

快乐其实很简单

快乐其实并不难

快乐是生活的佳酿

快乐是幸福的伴娘

快乐相伴，幸福相伴

快乐其实很简单

快乐其实并不难

快乐相伴，幸福相伴

快乐其实很简单

快乐其实并不难

秋藤曲

没有得到春风的吹拂

却要接受夏日的炎热

没有获取秋天的果实

却要经受冬季的严酷

啊！秋藤！秋藤

你昂起坚强不屈的头颅

奋力向上攀援、攀援

为着遥望天边朝霞日出

闭上你的眼睛

就能看见春天的花信

屏敛你的鼻息

就能闻到荷花的温馨

捂住你的耳朵

就能听见秋虫的歌吟

张开你的臂膀

就能拥抱冬天的胸襟

啊！秋藤！秋藤

你的头顶是广袤的星空

你的足下是浑厚的土地

啊！秋藤！秋藤

你有曲折向上的身躯

你有自强不息的灵魂

啊！秋藤！秋藤

啊！秋藤！秋藤

牵挂

秋实春华

每一棵树上都有牵挂

绿叶和鲜花是根的牵挂

小溪是深山的牵挂

鸟儿是树林的牵挂

月亮是太阳的牵挂

如果你愿意

你是我一生一世的牵挂

牵挂是一种折磨

折磨是一种幸福呀！

我一直在等你

是你说好了要我等你

我就一直在等你

我在水的一方等你

我在司马相如的琴声里等你

我在李商隐的诗句里等你

我在人面桃花相映红的门外等你

我在浔阳江边的月色里等你

我在南国的红豆树下等你

我在西湖的柳絮下等你

我在绿肥红瘦里等你

我在普救寺里等你

我在长江头等你

我一直在等你

我苦苦等你

你让我等得累极了
就坐在时光河流的岸边
看摆渡的船，点一根香烟
我一直在等……
然后天空就下雨了
我擎举着雨伞
等待在悠长悠长的雨巷里

锁和钥匙

在三山五岳的云雾里

我发现你

是如何不畏风霜疾雨

日落月出地坚守着你的领地

而是我渴望成为你唯一的钥匙

进入你秘密的锁孔

去发现生命基因的秘密

在你波涛汹涌的起伏里

体验一种穿心而过的

幸福、美丽、丰富与神奇

就像走进在林间的一条小溪

就像打开一瓶轩尼诗

就像阅读一本新出版的诗集

那林间的鸟语花香

那橡木的香醇与诗歌的精辟

那锁、钥匙和眉目的交响

融合成春天的妩媚

锁是钥匙存在的意义

钥匙是锁存在的价值

鸟站立在水滨

在西溪湿地，河道纵横
我坐着快意的游船

一只白鹭，独脚站立在水边
傲睨而一动不动
全然不顾游船的欢呼
和喧闹中的孤独

游船疾驰而过
鸟依然站立在水滨
也许站立了千年百年
因此认识庄子和惠子
以及水里快乐的鱼
而我，只是匆匆过客

鸟站立在水之滨

游西溪，是鸟之乐

还是我之乐

【注释】此诗作于2010年5月19日杭州西溪。

荔枝树下

此刻阿婆就坐在荔枝树下，

她的头顶开满黄灿灿的荔枝花；

三月的阳光像喝足娘酒一样惬意，

往事如荔风，清爽而无际无涯。

好像就是在昨天，

阿婆在树阴下做针线；

那棉线多么悠长呵！

竟然拴住了村里的一位后生。

知了唱起了山歌荔枝就红了嘴唇，

阿婆十八岁的身子比荔枝更饱满更迷人；

后生与阿婆相会在荔枝树下，

月亮躲在树梢眯起羡慕的眼神。

幸福的日子就像剥开荔枝皮一样简单，

可日本鬼子却偏偏闯进了阿婆的家乡；

后生抬头望望枝头鲜红鲜红的荔枝，

扛起祖传的火药铳跟游击队上了山。

东江水呵，为什么把日子流得那么快？

转眼荔枝花开又结果，结果又花开；

阿婆坐在荔枝树下等呵等！

那后生却一直没有回家来。

终于解放了，后生的家成了光荣之家，

接着分田地、造梯田、修水库、公社化；

阿婆的胸口不知戴过多少次红花，

媒婆把门坎石踩扁了，阿婆却一生未嫁。

大炼钢铁时阿婆当了一回"落后"的典型，

要砍荔枝树当煤烧她死也不答应；

荔枝树是阿婆的爱情之树呵！

那荔枝树就是那后生的化身！

贫穷的日子过得比荔枝核还苦涩，

逃往香港的年轻人堵也堵不住；

阿婆坐在全村唯一的荔枝树下，

眉头紧锁，口中念念有词。

后来逃港的人陆续回到村子，

开始改革开放，开始勤劳致富；

工业村、科技村、荔枝村、文明村……

好日子如荔枝蜜一样香甜丰足。

现在三月的荔枝花开得累累馥馥，

阿婆仍然坐在荔枝树下想心事；

那后生一直活在阿婆心里呵！

与她长相厮守——那棵荔枝树！

【注释】此诗载于2002年8月《诗刊》下半月刊。

港湾学校的水塔

曾经渴望与船为伍，追波逐浪

向往那深深的海洋

曾经渴望比翅海鸥，张开臂膀

搏击那淋漓尽致的风浪

曾经渴望沐浴朝霞，升起桅杆

迎接那初升的太阳

曾经满怀理想，汽笛长鸣

憧憬着那迷蒙的海港

但当激情如潮水般退去

岁月却站立成僵硬的远望

一群倦鸟知返的海鸥

在岩石上合上潮湿的翅膀

回到大海里去吧

是谁站在云端，对我们呼唤

是谁站在大海，对我们呐喊

回到大海里去吧

让沙滩上的贝壳重新获得生命

让青春的海星星依旧金光闪闪

我们热情拥抱，紧紧握手

握住彼此熟悉而又陌生

握住时间的硬度

和岁月不变的柔情

让我们回到大海里去吧

任由大海的满怀激荡

拍打我们沉重的枝干

任由大海的丰富和神奇

升华我们生活的平淡

回到八十年代里去吧
那时我们青春年少
无所畏惧，多愁善感
回到港湾学校里去吧
校园路傍的梧桐树，依然沙沙作响
教学楼下的白玉兰，依然尽情绽放
穿越梦境，黄浦江的汽笛远了远了
只有那高高的水塔
——港湾学校的水塔
一站就是三十年哪!

三十年过去，弹指一挥间
东边的公交站，西边的农田
南边的小河，北边的油库营房

早已高楼林立，车水马龙

哦！港湾学校的水塔

你多像一个阅历丰富的老人

单纯、欹卑、执著

满脸都是铁雨风霜

哦！港湾学校的水塔

那时你多像我们的青春

有点苦涩，却又多愁善感

有点固执，却又朴素多情

有点自卑，却又企望名扬四方

是你教我用心灵寻觅

空中的鸽哨和远方的海港

当年的我是一只丑小鸭

在你伟岸的身躯下

背诵英语单词，偷写爱情信件

多少次我在梦中惊醒

你站立在港校的姿势

让我刺痛，黯然神伤

现在，三十年过去了

让我就站在你的身傍

静静地仰望着你

仰望着我三十年前的初恋

哦！港湾学校的水塔

我的血液里有你供给的水分

我的生命里有你氯气的味道

是你带给我欲说还休的眷恋

带给我中年的回忆和少年的忧伤

你是我们青葱岁月的见证人

你是我们茫茫生活中的灯塔

你是我们精神世界里的脊梁

啊！ 上海港湾学校

上海浦东大道2600号

哦！ 港湾学校的水塔

梦开始的地方！

【注释】此诗作于2009年10月25日上海华夏宾馆。

诗歌是人类精神的飞行器

　　要编一本诗集来面对读者，对于一个有自知之明的读书人来说，是颇为难堪的事情。记得我曾询问一位著名画家，为何不出版画册，答曰：祖训七十岁前不得出画册。何也？盖画册者非名片，乃后世有临模学习之价值矣。我想，诗集何尝不该如此。不管小我之情调、大我之境界，诗歌都离不开文学价值。有的朋友说，诗歌的好坏似乎都没有标准啊！我就要问了，诗歌可不可以纳入文学范围？如果纳入就应该涉及文学价值问题。文学价值如何体现，这是文艺心理学、文艺美学和哲学研究的范畴。美学以哲学为理论基础，审美有其主客观的规律性和原理。因此在文艺美学上，诗歌的好坏是有一定评判标准的。汉代董仲舒说："诗无达诂"，意谓诗歌没有通达的或一成不变的解释，因时因人而有歧异，体现文学审美的差异性，并不是说无人能够读懂的诗就是好诗。诗歌有文学性和审美差异性，这是我多年写诗的一点感想。

据《南方都市报》六月二十六日报道，因断言"中国现代文学是垃圾"而闻名海内的德国汉学家顾彬先生，六月二十四日上午，在中山大学举办《中国作家在德国的文学活动》讲座上，仍然认为除诗歌外，中国当代文学水平整体评价不高是不争的事实。他说："我认为中国诗人和他们的作品在世界文学中还是很有地位的。在德语世界，很多文人、文学爱好者，特别是诗人对中国诗人都有较高评价"，希望这次不再是国内媒体的断章取义。顾先生对中国现代诗歌如此抬爱，赞美有加，令中国现代诗人感激涕零吧。改革开放三十年以来，除八十年代"朦胧诗"昙花一现外，后二十年诗歌乏善可陈。"下半身"、"梨花体"、"羊羔体"在网络上热闹了一阵子，诗人成了公众讪笑的对象。著名诗评家杨光治先生曾经悲愤地指出："祖国的四化建设不断取得成就，市场经济不断发展，国际威望也不断提高，然而令人遗憾的是，诗坛却没有同步前进，平庸乏味的东西依然充斥报刊，这已令人叹息不已，而低级庸俗的'下半身'作品的公然亮相，更冷化了许多爱诗的心。诗歌实在有愧于时代"。一句"诗歌实在有愧于时代"，令人震耳欲聋！

　　去年九月十二日在北京大学中文系建系一百周年之际，北京大学中国诗歌研究院正式揭牌成立，整合北大古典诗歌、现代诗歌和外国诗歌等研究机构，提出了"面向古典，也面向现代"的研究方针，把传统诗词与现代诗歌实现了融合。北大季羡林教授曾有一段精彩的瓶酒之论，曰："盖大千万象变动不居，宛如逝水，不舍昼夜。诗人之思想感情亦文必随之而变，此可谓之为内容。欲将内容表而出之，必乞灵于文字，此可谓之为形式。然而内容之变速，而形式之变迟。矛盾产生之根源即在于此。论者有瓶酒之喻，所谓新瓶装旧酒或旧瓶装新酒者，即此是也。"我想，今人写古诗，必旧瓶装新酒，你的旧瓶，必须是不漏水的、像古董似的、有美感的旧瓶，而不是破瓶烂壶，就是说要符合古人规范的诗歌格律；新酒就是要描写现代人的生活，表现现代人的思想感情。由此而思之，现代新诗就是新瓶装新酒了，除了瓶子不同外，新酒应该是相同的新酒。

　　有人把会写新诗又会写古体诗的诗人称为"两栖诗人"，动物学把能够同时适应水陆生活的陆生脊椎动物称两栖动物，我们姑且不论这个比喻贴切与否，由于文革时期受教育的局限，我们这一代人要真正作个"两栖诗人"并非易事。现在回过头来看，五四新文化运动以来，只有郭沫若等屈指可数的几位诗人称得上是"两栖诗人"。由于我自幼生活在粤东偏远的山村，诗歌的有限启蒙却是从唐诗宋词开始的。当我对新诗觉得无从下笔，并心生厌倦的时候，挚友给我送来了三卷本《聂绀弩诗集》，夜读手难释卷。阅冯永军先生所作之《当代诗坛点将录》云："至若古今体兼工，鱼龙百变，鳌呿鲸掣，窃恐聂翁尚未梦见，较之梦苕庵（钱仲联）可谓望尘莫及。聂绀弩诗，可称之曰'高水准之打油诗'"。尽管冯先生对聂诗的评价似乎不高，但丝毫不影响我对聂诗的喜爱，细心的读者会发现我的律诗有很重的对聂诗模仿的痕迹，但只要"新酒"是我的"新酒"就行了。黄维樑先生曾经在《现代人写旧体诗》一文中写道："今人写的旧体诗词，好比年老的一代，文雅有古风，但多半已与时代脱节；新诗则像年轻的一辈，生气勃勃，但其中有很多不良少年。现代中国诗歌的潮流，以新诗为主；不过，旧体诗词仍然存在，且有其存在价值，不应受到排斥"。诗人杨克在《新诗与旧体》一文中也指出："汉语是我们的血液，汉字是我们生命共同的元素"。我想，既然旧体诗词是我们中华民族源远流长的诗歌传统，那么作为一个用汉语写作的诗人，向自己的传统学习是理所当然的事情。而武断一点来说，一个连自己的诗歌传统都缺乏了解或者掌握学习的诗人，很难成为出色的诗人。有学者研究表明，西方著名诗人庞德正是从中国传统诗词的翻译中得到启发而创立了意象派诗歌，尽管其并不具备中国传统诗词背后所依托的哲学美学底蕴。

在港校校友QQ（119427901）群上，校友们都希望在今年聚会上能够看见我新出版的诗集，他们全然不知写诗的苦恼与出版的艰难。我女儿随亲自小在新加坡接受教育，今年八月就要入读南洋理工大学了。这本诗集赶在她入学之前编写完成，一是作为祝贺她入学的礼物，二是对校友有一个交代，三是对自己在深圳特区学习工作写诗三十年的小结。女儿曾经追问我，老爸的诗集在书店里好卖吗？是不是自己花钱出版的？在一个诗歌贫乏的"裸婚"时代，我没有正面回答她的疑问，只能婉转地告诉她，美国划时代的大诗人惠特曼一八五五年七月四日自费出版诗集《草叶集》，初版印制一千册，一本都没卖掉，全部奉送朋友；苏东坡出版第一本诗集《钱塘集》，多亏宋神宗赵顼的姐夫驸马爷王诜的解囊相助，才得以自费印行，并引发乌台诗案，差点掉了脑袋；徐志摩一九二五年自费出版《志摩的诗》；冯至一九二九年八月自费出版诗集《北游及其他》等等。在"饿死诗人"和"作贱诗人"的社会背景下，承认自己是诗人无异于承认自己是"疯子"或"傻子"，有"被神经病"的危险。好在历史大浪淘沙，真正的诗人应该是"担当身前事，何计身后评"。记得二〇〇三年九月我在北京大学进修三个月公共关系学之时，我的诗集《树叶的舞蹈》进入深圳市第二届青年文学奖终评，不知缘何落选，远在北京的我获知消息，一时哑然。去年十月，为庆祝深圳特区成立三十周年，深圳市作家协会选编《深圳30年新诗选》，由孙某负责选稿，我由宝安区作家学会统一选送12首诗歌，最后竟发现无一首入选！曾经有人这样询问著名诗评家张同吾先生："请问谁是当今的李白和杜甫？"，张先生大惊说：."别这样说，万万不可害我！"一九七八年上海古籍出版社重新出版了《唐人选唐诗十种》，从中可以看出李杜诗入选的不多，有五六个选本甚至没有入选，后代遂有"谁能只手评优劣，李杜曾经不入流"的感叹！

朦胧诗人王小妮说："诗歌是精神的飞行器！"，当代学者王岳川说："诗是一种灵魂的漫游"。不管现在或者将来，精神和灵魂，都是人类永远无法摒弃的东西，除非人类都进化成了机器人！南京大学王彬彬教授曾说："大学很难培养作家，但可以培养好的读者；一个民族最高水平的读者，决定了这个民族创作水平的上限"。也正据于此，才敢不揣浅陋，编成此稿，求教于有缘翻阅本书之人。

同样，本书的出版自然需要感谢几个知心好友，但如在此处列举芳名，既不符合他们崇文敬友的初衷，又会坠入尘世名利的俗套。对他们的鼎力相助，只能心存深深的感激。

黄海

辛卯年小暑日于深圳湾白石洲寓所

黄海诗歌探美

黄承基

　　黄海诗歌有"三美"：抒情美、境界美与哲理美。

　　诗歌的抒情美具浪漫美学气质。"你不得不逃避人生的煎逼/遁入你心中的静寂的圣所/只有在梦之园里才有自由/只有在诗中才有美的花朵"（席勒《新世纪的开始》），"浪漫"和"浪漫主义"这些字眼已早具有了复杂的甚至矛盾的含义。但是，人的现实历史境遇，人的生存价值和意义，以及对有限生命的超越，只有浪漫美学诠释得了。这不仅因为，人生应该是诗意的人生，精神生活应以人的本真情感为出发点，而且因为，人还须追求与整个大自然的神秘的契合交感，超逾有限与无限的对立去把握人生美的瞬间。在这一点上，黄海做得有根有据，或者说活在他营构的诗化的世界里。在他的诗行里，到处散发出浪漫美学的气息。他始终追思人生的诗意，人的本真

298

情感的纯化，力图给沉沦于科技文明造成的非人化境遇中的人们带来震颤，启明那些日益浮躁的人灵。黄海曾提醒自己，抵御喑哑无力的无病呻吟；另外，违背自然，对人性本质的异化须保持清醒的认识，坚守精神底线和价值伦理；再者，文心雕龙，雕人物内心真善美之龙。

近读黄海新著《律诗与新诗合集》，我觅到不少警句。所谓警句，是指有深度、无娇饰而内心向往之的金銮大钟。如"莫为老大徒悲愤，世事纷纭壁上观"（《时事感怀》），此"壁上观"，非画饼充饥，望梅止渴那种，它是一种大智若愚之大局观。"心生万象乾坤小，大雁过河天籁空"（《自撰对联集句》），"乾坤小"对应"天籁空"，人的精神穿透到客观物质中去了，世界就是精神的符号意象；存在的澄明，本体的诗化，让世界敞亮。"天上玉盘千载好，家中妻女百般情"（《已丑国庆中秋双节有感》），浪漫美学存在于诗歌精巧的创造，是一种特殊的体验突进到对意义的反思高度，也叫思维切换。由

"双节"联想到月亮，再由月亮想起家中妻女，从知性认识到审美直观，都很令人享受。"能受折磨真好汉，不招嫉妒是庸夫"（《挚友古稀移民澳洲有赠》），这样的诗句，它的理性化、思辨化，上升为本体论意义上的浪漫，富于自己独特的气质和禀赋。黄海的诗神神秘忧郁，却又富有思辨色彩，贲张时代的豪情和高贵的人格精神。他的浪漫美学可概括为率真，区别于虚无，它作为一个绝对的理智把所有实在统一自身。其实率真是指人的本质复归之路，未必把诗之高贵的头颅按将下去，或把清澈的思绪变得混浊不堪。黄海的率真，源于他对如今物化社会看得清，想得透，从不试图以低俗、媚俗来解读人生，他所认定的是生活的质感，不容玷污。正是在积极的思考中不断调整自己的写作心态，故他的诗分外透明铮亮。虽也有过苦闷，但绝不彷徨；虽也有过内心隐痛，但绝不背叛或弄得支离破碎。黄海诗歌的浪漫美学，就是这样给定的。

境界是指诗人恬然澄明的心灵属地。"世界不是立于我们面前让我们细细打量的对象，它从来就是诞生与死亡、祝福与亵渎的路径，使我们失魂落魄般地把握着存在"（海德格尔《艺术作品的本源》），因此，诗，无疑是诗人对现实对人生的追问，即寻"在"的意义是什么？每个诗人都必须思过，一个独一无二的东西，那个在寂静中围绕自身的东西。思过就是诗人的天命，无法逃避。

"笔墨当随时代妙，文章应合世人崇"（《题赠书法家刘伟力先生》），讲的就是文人之真；"放怀天地多诗意，老大何妨少壮行"（《题赠袁承忠老师》），说的就是做人之美；"虽无官守有言责，但有胸怀读五车"（《题赠中山大学谢有顺教授》），言的就是恪守思想之善。"两亿诗书开卷读，钱十万贯岂通神"（《题赠著名学者黄锦奎教授》），思的就是个体差异，审美直观这一绝招。诗歌本身，虽然除了语言还是语言，但正是借助于语言，诗思辩才能演绎出自然的人生存在之路，一种对现实更高级更严格的知识或智慧。

诗的王国是一种超验性，诗化的意识和感觉具有一种魔化的力量，任何看到的物象都显有灵性。作为诗人，此时应该到场、出场、在场。人与世界溶浸为一，共同构成世界，诗的世界，便是诗人的世界。

黄海的诗，渐入佳境：理想之境、觉醒之境、文化之境、教养之境。人要是有了这些境界，可谓丰采得体。做人与写诗其实一样。我看如今有一些诗，境界不俗则野，不妖便怪，美的东西被狭隘、自私、野蛮、颓废代替了。施勒格尔在《文学史讲演》里说道，诗人的"职责就是使日常生活中的平凡事发出光辉，赋予它们以一个较高的价值、一个较深的涵义"。诗人通过自己的语言和别人交换一种方式去思考事物，却又把自己提升到原我的立场上，提升到整体的高度上，这是诗的高度，也是诗人的高度。

诗歌是以灵性、激情、想象唤起人们的审美感动，是一门"美的科学"、"补偿和满足的科学"。一个诗人能够坚守内在领域，从而把握着"美的瞬间"，升华为诗一般的、艺术作品式的永久的存在，这便是诗歌的不二哲理。读黄海的诗，这方面甚感深刻。如："君驭青春持梦笔，世遗大舜可耕田"（《胸怀奇志阔如天》），青春飞入灵性，如同大舜耕田，历史与现实感性具有了自身超越的永恒，美的瞬间与心灵的慰藉在此达到同一。"青海胸怀存锦绣，昆仑境界大文章"（《赠著名诗人吉狄马加先生》），此青海非彼青海，今昆仑昔彼昆仑，内心的机杼，诗人得以妙藏与升华。换句话说，黄海的诗在这里是一种超时空的体验，内含的哲理与感性的祝福，却超越现实的意志，美的享受便是永无止境的追求。"爱入膏肓情何憾？文到妙处便是诗"（《赠著名诗人祈人先生》），诗的价值转换，是一种审美创造。句中的"诗"，是可以变通的，无所不包，这是看问题的最佳角度，让人变得自信与大度。"自古诗人多懑怨，从来圣哲费思寻"（《题赠著名诗人钟永华老师》），这是以诗思思诗的一个过程，把内心的东西与现实沟通起来，丰富、深刻由此趋于完善，这样去思诗，让浪漫主义美学体现在隽永的哲理之上，乃是黄海古典诗歌的丰获。

黄海也尝试过写些自由体诗，其成就方家学者已有定评，恕不赘言。但由于他讲究诗歌的抒情美、境界美与哲理美，其中有一些也表现得较为悠远弥深。如：《登临天安门城楼挥一挥手》："十块钱买张门票/就能登临天安门城楼/面向人群嘈杂的天安门广场/就着迷茫的空气平凡的阳光/挥一挥我的右手/没有旌旗招展一呼百应/却有一份意想不到的满足感//所谓巨人的挥手/原来就是这么简单！"。这首带有调侃幽默色彩的诗歌，表现手法相对简单，但随处可闻凝固的风云与哲思。"十块钱买张门票"，让历史的威仪奚复何存？神权与百姓在同一天平上取得平衡。然而，诗人并没有将遍体鳞伤的心收藏起来，"嘈杂"、"迷茫"，让其心情回到了冰点，此时他的手与伟人的手，找到了历史的汇合点，心情显得敏感与忧伤。"原来就是这么简单"，将不简单的东西理喻成简单，本诗的结尾充满了一个巨大的解读契机。诗到此，言尽而意无穷，很自然地突出了诗语的启示作用与文本意义。

【作者简介】：黄承基，1955年出生，壮族，广西德保人，著名诗人。1991年毕业于武汉大学作家班，广东省社科院研究员、中国诗歌研究中心顾问、壮族作家创作促进会副会长。著有诗集《南方血源》、《断续风雨》、《亚热带》、《远航》、《丛飞之歌》、《太阳史诗》、文学评论集《诗歌创作杂谈》、《文学价值论》等等。

黄海新诗方家评论目录

年度	评论人	文章名称
1991	王晓明	《黄海和他的诗》——《蛇口消息报黄海诗歌专版》
1992	客 人	《诗歌长河中的亮点》——评黄海诗集《半岛之恋》
1999	黄锦奎	《所见者真,所知者深》——黄海诗集《树叶的舞蹈》序言
1999	杨光治	《端正而颇有力度的脚印》——评黄海诗集《树叶的舞蹈》
1999	钟永华	《痴气,灵气,勇气》——略议黄海其诗其人
1999	文 政	《大处着眼,小处着笔》——评黄海组诗《北京和一个诗人》
1999	张效民	《超脱狭小的格局》——读黄海第二本诗集《树叶的舞蹈》
2002	刘伟力	《黄海:诗情纵横,写意人生》
2006	黄锦奎	《诗意栖息与人文关怀》——黄海诗集《诗歌之树》序一
2006	程郁缀	《游刃于格律与自由之间》——黄海诗集《诗歌之树》序二
2008	吉狄马加	《把一切所及之物升华为诗》——《黄海诗选》序一
2008	洪 洋	《改革出诗人》——《黄海诗选》序二
2008	张同吾	《朗天阔海,侠骨柔肠》——《黄海诗选》序三
2008	祁 人	《祁人点评〈黄海诗选〉》
2008	华 蕾	《带你去感悟一颗诗心》——读《黄海诗选》有感
2008	杨 林	《现时代下的诗艺追求》——读《黄海诗选》有感
2012	黄承基	《黄海诗歌探美》

大学图书馆典藏记录

《律诗与新诗合集》第一版

收藏单位	收藏日期
北京大学图书馆	2012年2月15日
中山大学图书馆	2012年2月15日
香港中文大学图书馆	2012年2月15日
武汉大学图书馆	2012年2月15日
厦门大学图书馆	2012年2月15日
澳门大学图书馆	2012年2月21日
北京师范大学图书馆	2012年2月21日
兰州大学图书馆	2012年2月21日
南京大学图书馆	2012年2月24日
新疆大学图书馆	2012年2月29日
云南大学图书馆	2012年3月19日
清华大学图书馆	2012年4月09日
国立台湾大学图书馆	2012年4月17日
四川大学图书馆	2012年4月18日
华东师范大学图书馆	2012年5月15日

以《收藏证书》日期为序

图书在版编目（CIP）数据

律诗与新诗合集／黄海著. —广州：广东人民出版社，2011.12
（2013.9 重印）

ISBN 978-7-218-07413-9

Ⅰ．①律… Ⅱ．①黄… Ⅲ．①格律诗－诗集－中国－当代
②新诗－诗集－中国－当代 Ⅳ．①I227

中国版本图书馆 CIP 数据核字（2011）第 243213 号

LÜSHI YÜ XINSHI HEJI

律诗与新诗合集 黄 海 著

出 版 人：曾 莹

责任编辑：曾玉寒
封面设计：潘金瑞
责任技编：黎碧霞

出版发行：广东人民出版社
地 址：广州市大沙头四马路 10 号（邮政编码：510102）
电 话：（020）83798714（总编室）
传 真：（020）83780199
网 址：http：//www.gdpph.com
印 刷：广东信源彩色印务有限公司
书 号：ISBN 978-7-218-07413-9
开 本：787mm×1092mm 1/32
印 张：10.25 字 数：100 千字
版 次：2012 年 11 月第 2 版 2013 年 9 月第 2 次印刷
定 价：38.00 元

如发现印装质量问题影响阅读，请与出版社（020－83795749）联系调换。
售书热线：（020）83790604 83791487